L'EXÉCUTEUR

LE CAPO D'ACAPULCO

DÉJÀ PARUS

N° 1 : GUERRE À LA MAFIA
N° 2 : MASSACRE À BEVERLY HILLS
N° 3 : LE MASQUE DE COMBAT
N° 4 : TYPHON SUR MIAMI
N° 5 : OPÉRATION RIVIERA
N° 6 : ASSAUT SUR SOHO
N° 7 : CAUCHEMAR À NEW YORK
N° 8 : CARNAGE À CHICAGO
N° 9 : VIOLENCE À VEGAS
N° 10 : CHÂTIMENT AUX CARAÏBES
N° 11 : FUSILLADE À SAN FRANCISCO
N° 12 : LE BLITZ DE BOSTON
N° 13 : LA PRISE DE WASHINGTON
N° 14 : LE SIÈGE DE SAN DIEGO
N° 15 : PANIQUE À PHILADELPHIE
N° 16 : LE TOCSIN SICILIEN
N° 17 : LE SANG APPELLE LE SANG
N° 18 : TEMPÊTE AU TEXAS
N° 19 : DÉBÂCLE À DÉTROIT
N° 20 : LE NIVELLEMENT DE NEW ORLEANS
N° 21 : SURVIE À SEATTLE
N° 22 : L'ENFER HAWAIIEN
N° 23 : LE SAC DE SAINT LOUIS
N° 24 : LE COMPLOT CANADIEN
N° 25 : LE COMMANDO DU COLORADO
N° 26 : LE CAPO D'ACAPULCO
N° 27 : L'ATTAQUE D'ATLANTA
N° 28 : LE RETOUR AUX SOURCES
N° 29 : MÉPRISE À MANHATTAN
N° 30 : CONTACT À CLEVELAND
N° 31 : EMBUSCADE EN ARIZONA
N° 32 : HIT-PARADE À NASHVILLE
N° 33 : LUNDI LINCEULS
N° 34 : MARDI MASSACRE
N° 35 : MERCREDI DES CENDRES
N° 36 : JEUDI JUSTICE
N° 37 : VENDREDI VENGEANCE
N° 38 : SAMEDI MAUDIT
N° 39 : TRAQUENARD EN TURQUIE
N° 40 : TERREUR SOUS LES TROPIQUES
N° 41 : LE MANIAQUE DU MINNESOTA
N° 42 : MALDONNE À WASHINGTON
N° 43 : VIRÉE AU VIÊT-NAM
N° 44 : PANIQUE À ATLANTIC CITY

DON PENDLETON

L'EXÉCUTEUR

LE CAPO D'ACAPULCO

TRADUIT DE L'AMÉRICAIN
PAR MIKE MARSHALL

PLON

Titre original américain :

N° 26 THE EXECUTIONER
ACAPULCO RAMPAGE

Pusblished by arrangement with PINNACLE BOOKS. INC.
275 MADISON AVENUE, NEW YORK
NY 10016 U.S.A.

Edition originale : ISBN : 0 - 523 - 00868 - 6
ISBN : 2 - 259 - 00533 - 0

CHAPITRE PREMIER

Mack Bolan avait choisi l'énorme Weatherby 460 pour déclarer la guerre à Acapulco. Les hommes qu'il avait décidé d'abattre se trouvaient à un peu plus de sept cents mètres de lui, et les grosses balles Nosler mettraient environ trois secondes pour couvrir cette distance. Il préférait les balles Nosler car elles avaient un grand pouvoir de pénétration.

Bolan voulait anéantir ces hommes. Il n'avait pas l'intention de laisser un docteur rafistoler ces déchets humains. Il voulait frapper un grand coup et terroriser tous ceux qui se croyaient au-dessus du jugement des hommes.

Celui qu'il observait dans la mire du télescope souriait d'un air satisfait en examinant le rang d'oignons de jolies filles qui se trouvaient près de la piscine. Apparemment il n'avait pas de problème, celui-là.

Il s'appelait Bobby Cassiopea. Bel homme, il

avait une solide réputation dans le monde de la haute finance, et côtoyait les grands et les puissants de tous bords avec aisance et familiarité. Son comportement de play-boy macho lui avait valu le surnom de « Butch Cassidy » et les agents du FBI étaient sur ses talons depuis des lustres parce qu'il tenait son pécule de la Mafia.

Cassiopea n'était qu'un vulgaire truand.

Un grand hebdomadaire l'avait appelé « le play-boy-type de la haute finance occidentale » dans un article qui lui avait été consacré, mais n'avait pas fait mention des rapports discrets et suivis qu'entretenaient Cassiopea et la Mafia.

En fait, si Cassiopea appartenait à une classe, c'était essentiellement celle des nouveaux mafiosi internationaux qui se comportaient extérieurement avec élégance et décontraction, qui ne s'associaient jamais ouvertement avec le milieu, mais qui étaient aussi rapaces et dangereux que leurs congénères de la rue, sinon pires.

Bolan connaissait bien ces jeunes loups, et il connaissait encore mieux Bobby Cassiopea. Il avait suivi sa carrière de près, et l'avait vu fréquenter cheiks arabes, banquiers suisses, joueurs professionnels, milliardaires de toutes sortes et vedettes de cinéma.

Mais cet habile requin qui nageait dans toutes les eaux, appartenait corps et âme à la Mafia et au gouvernement invisible qu'était celle-ci. Elle l'avait pris sous son aile dès son adolescence, lui avait fait donner une superbe éducation, lui avait fourni de gros moyens financiers avec des fonds « noirs » qu'il avait progressivement lavés et blanchis, et avait même réussi à lui faire faire un bon mariage avec une duchesse sur le déclin mais dont le nom avait encore quelque valeur, ce qui lui avait permis d'accéder aux plus hautes sphères du jet-set international. Ses pairs mondains étaient à mille lieues de s'imaginer que leur ami, intime et complice n'était qu'une marionnette dont tous les gestes étaient contrôlés par la *Commissione*, le grand conseil des capos.

En vérité la situation était plutôt triste, car Cassiopea disposait de moins de liberté qu'une vulgaire petite frape sans envergure. Seule la mort ferait de lui un homme libre.

Bolan hausa légèrement les épaules, fit dévier la Weatherby sur le trépied. Un autre visage que Bolan avait plus souvent vu au cinéma et à la télévision que parmi les rangs de la Mafia, apparut. Buriné et alourdi par la dissipation et l'alcool, mais encore beau et séduisant, il appartenait au seul et unique John Royal, vedette internationale de son état, et capable encore à son âge de faire battre le cœur des minettes comme celui des grand-mères.

Il poussa un soupir, fit dévier encore la Weatherby. Lou Scapelli et Eduardo Fulgencio, les grands patrons du trafic de stupéfiants en Amérique Centrale. Il y avait aussi une demi-douzaine de jolies filles allongées sur des matelas autour de la piscine, et un barman en veste blanche qui se tenait discrètement près de son comptoir. Deux filles partageaient un *coco preparado*, un mélange de gin et de lait de noix de coco. Elles suçaient leur paille avec gourmandise. Fulgencio buvait une bière, les autres tenaient de grands verres glacés.

Sur la plage, juste en bas de la piscine, deux gardes en maillot et chemise bariolée, patrouillaient dans le sable. Un troisième était resté près du bateau dans lequel Fulgencio et Scapelli étaient venus chez John Royal.

Un tir de sept cents mètres est délicat. Mais les cibles étaient en place, il n'y avait plus à hésiter. Bolan consulta une échelle de trajectoire puis mesura la force du vent.

Ce tir pourrait lui poser des problèmes. Le vent lui caressait l'épaule, un peu en biais, avec une vitesse d'environ dix nœuds. Il est vrai que Bolan avait choisi une position en hauteur. Dans la zone de la cible, on distinguait clairement les effets des tourbillons. L'art du tir est une science, mais même les mathématiques ont une limite. A un moment donné, c'est l'instinct qui prime. A une pareille distance la plus infime erreur d'estimation se traduirait par une déviation d'un mètre ou davantage. Bolan n'en avait pas les moyens. Il fallait frapper un grand coup et laisser des morts sur le dallage près de la piscine.

Il vérifia une seconde fois ses calculs puis répéta logiquement la séquence de tir. Le bruit de la détonation parviendrait aux oreilles des hommes en même temps que la première balle, peut-être un dixième de seconde plus tard. Leur réaction ne se ferait pas attendre, elle serait instinctive.

Bolan examina les abords de la piscine, puis chaque homme, en essayant de jauger la réaction des cibles deux et trois.

Deux secondes pour se rendre compte de ce qui venait de se passer, et encore une pour réagir et se planquer.

Scapelli était un petit homme nerveux et sportif. Logiquement il partirait en courant vers le muret qui entourait le patio, distant d'une vingtaine de pas. Affolé, un homme peut couvrir beaucoup de terrain en trois secondes. Bolan calcula l'endroit où se trouverait Scapelli après une seconde et demie.

En revanche, Fulgencio était un lourdaud grassouillet. Il choisirait l'abri le plus proche, l'eau de la piscine. Bolan examina le trajet qu'effectuerait celui-là, puis calcula l'endroit où il devait lui tirer dessus. Ensuite il se consacra de nouveau au vent et régla en conséquence son point de mire.

Il était prêt.

Il y avait une balle dans la culasse et deux autres dans le chargeur de la Weatherby. Les cibles attendaient.

Le célèbre John Royal n'était pas une cible — pas cette fois. Il se trouvait calé dans un fauteuil et faisait signe au barman d'approcher — aucun problème de ce côté-là.

Cassiopea se vautrait sur une chaise longue. Il souriait à Scapelli qui lui parlait avec animation. Ils ne semblaient pas prêts à se déplacer.

Le gros Fulgencio était inconfortablement assis en tailleur sur un matelas, contemplant avec convoitise les filles qui, elles, ne se trouvaient pas dans la zone de tir. Il arborait une expression qui semblait dire : « Débarrassons-nous au plus vite des affaires, et passons aux choses amusantes. »

Bolan se mit en position. Il se trouvait à une trentaine de mètres au-dessus de la zone de tir d'où il pouvait voir l'ensemble de la baie d'Acapulco, ainsi que la route qui longeait la plage, Costera Miguel Aleman, de Gran Via jusqu'à la plage de Guitarron. Le paysage devant lui était splendide, au fond beaucoup trop beau pour les événements sanglants qui allaient s'y dérouler.

Mais les hommes sur la terrasse ne méritaient pas mieux. Bolan poussa un profond soupir, se concentra.

Il immobilisa les croisillons du télescope sur la lèvre supérieure de Cassiopea, remplit ses poumons d'air, relâcha doucement son souffle, coupa sa respiration, appuya doucement sur la détente de la grosse carabine en murmurant d'une voix à peine audible :

— Un...

La Weatherby rugit comme un fauve enragé. Bolan s'accrocha à la grosse pièce, encaissa le recul, parvint à ramener le télescope dans la zone de tir juste au moment où la balle Nosler arriva à destination. Elle pénétra dans le crâne de Cassiopea juste au-dessus de l'œil droit. Le beau visage parut exploser, le sourire de Cassiopea se figea puis se transforma en une affreuse grimace, la tête disparut dans un nuage rougeâtre.

Bolan avait continué à compter tandis qu'il dirigeait son arme vers la deuxième cible. Il murmura « six » et fit feu, visant un emplacement sur le mur du patio, puis il changea à nouveau de direction. Mais au dernier instant son instinct le fit hésiter. Il revint sur le parcours probable de la troisième cible et la découvrit.

Il s'était trompé dans ses prévisions.

Le gros Fulgencio était à quatre pattes et rampait péniblement vers le rebord de la piscine en poussant devant lui le matelas retourné. Bolan était incapable de comprendre comment le trafiquant en était arrivé à se dire qu'il serait à l'abri des balles derrière quelques centimètres de mousse compensée.

Il corrigea son point de mire et fit feu. La balle atteignit la cible trois secondes plus tard, traversa le matelas et arracha une grosse partie du crâne de Fulgencio.

Bolan posa la Weatherby et prit un télescope à angle large pour examiner l'ensemble de la zone de tir. Le corps de Bobby Cassiopea gisait disloqué près de la chaise longue retournée, face à terre. Lou Scapelli était couché au pied du mur du patio, recroquevillé sur lui-même, le bras agité par des tressaillements nerveux, la bouche en sang.

Un mauvais tir.

Il avait reçu la balle dans le dos entre les omoplates.

Eduardo Fulgencio s'était mis en boule comme un fœtus. Sa cervelle était répandue sur le dallage au bord de la piscine.

John Royal s'était levé de son fauteuil et regardait, bouche bée, la forme immobile à ses pieds. Le barman venait de se ressaisir et se rapprochait de son patron. Les filles commençaient tout juste à comprendre ce qui venait de se passer et se précipitaient vers la villa pour se cacher.

Les deux gardes sur la plage avaient disparu, et celui qui était resté sur le bateau, avait plongé dans l'eau où il se dissimulait derrière la coque.

Voilà, c'était fait. Bolan leur avait donné de quoi regarder. A première vue il avait réussi à les assommer. Dans vingt ou trente secondes la tension monterait de quelques crans. Restait à savoir s'il les avait secoués suffisamment pour qu'il en sorte quelque chose.

Il prit les trois douilles et les rangea en triangle sur le sol puis posa une médaille de tireur d'élite au centre. Il savait qu'on retrouverait son petit message, et qu'on comprendrait.

Quelques secondes plus tard il entreposait ses affaires dans une jeep rose et blanche en réfléchissant à sa prochaine prise de contact.

La guerre d'Acapulco était déclarée.

CHAPITRE II

John Royal ne parvenait pas à maîtriser le tremblement dans tous ses membres. Désespérément il se frottait avec une serviette pour enlever le sang et la matière cérébrale qui maculaient son visage et ses bras. Il regarda par terre et vit une rigole rouge qui avançait vers ses orteils, fit un brusque pas de côté, comme s'il avait vu un serpent. Le sang coulait encore abondamment du visage de Cassiopea.

C'était incroyable, un cauchemar. Ils étaient tranquillement en train de prendre un verre, puis tout d'un coup... ça. Horrible, horrible, horrible...

Il posa la serviette sale sur la tête déchiquetée de Cassiopea puis alluma une cigarette. Ses mains tremblaient toujours autant. Luttant pour se reprendre il regarda le groupe de filles abasourdies. Il sursauta quand il sentit la présence du barman mexicain à ses côtés.

— Le *gringo* est mort, *señor?* demanda le barman d'une voix sinistre.

— Plutôt, grogna John Royal en tirant sur la cigarette. Emmène les dames dans la villa, Jorge. Qu'elles ne partent pas. Que personne ne sorte.

Un des gardes se hissa à hauteur du patio tandis que le barman partait d'un pas raide et lent vers les filles. Le garde fit des yeux ronds en voyant les trois cadavres.

— Ça va, Mr. Royal ? demanda-t-il.

— Oui. A peu près. Regardez-moi ça. Regardez-moi ça.

Le garde ne faisait que ça.

Il ne s'était pas passé plus de quinze secondes depuis que la tête de Cassiopea avait explosé sous les yeux de John Royal. Il n'avait même pas vu mourir Scapelli et Fulgencio.

C'était incroyable, invraisemblable. Ce genre de chose n'arrivait qu'au cinéma, pas dans la vie.

Le barman emmenait les filles dans la villa.

Les deux autres gardes grimpèrent sur le muret et s'approchèrent doucement des victimes.

Invraisemblable !

— Celui-ci est encore vivant, Mr. Royal. Tout juste.

Le garde était près de Scapelli. John Royal frissonna. C'était ennuyeux d'avoir trois gangsters morts sur sa terrasse, mais plus ennuyeux encore d'en avoir deux morts et un vivant.

— Celui-ci n'existe plus, annonça l'autre garde. Le cerveau a éclaté.

John Royal pensa aux tournages quand on criait « Coupez ! ». Les morts se relevaient, rigolaient, partaient boire un verre avec leurs assassins. Mais ce n'était pas du cinéma, et il était loin des plateaux de l'irréel.

— Il faut demander une ambulance, Mr. Royal.

— Vous êtes fou ou quoi ? gronda John Royal. De toute façon on constaterait sa mort à l'hôpital. Moi, je ne veux pas d'ennuis, et cette affaire ne me regarde pas. Mettez-les tous sur le bateau.

— On ne me paye pas pour jeter des cadavres à la mer, monsieur.

« Oh mon Dieu, tout ça est un mauvais rêve. Il faut que je me réveille ! »

— Maintenant, si ! — John Royal fut surpris d'entendre sa propre voix. — Occupez-vous-en. Je dois téléphoner au Chef.

Il détourna ses yeux du carnage et fit quelques pas vers la villa.

— Ça vous coûtera mille dollars pour chacun de nous, monsieur, fit le garde qui n'en acceptait pas pour autant de gaieté de cœur la tâche qu'on lui imposait. Chef ou pas chef.

John Royal se retourna vivement, tendit le bras, désigna l'homme d'un doigt raide et vengeur.

— Ça vous coûtera la vie si vous n'obéissez pas tout de suite !

Il repartit aussitôt, les idées confuses, et entra dans le salon.

Quelle horreur ! Il n'avait pas voulu de ça. C'était sa villa à lui, pas celle du Chef. Les ordures, à la mer, il n'en voulait pas chez lui.

Les filles s'étaient éparpillées en autant d'îlots de détresse. L'une d'elles pleurait doucement, Dieu seul sait pourquoi. En tout cas, John Royal ne comprenait pas. Les autres, tétanisées par la peur, se posaient sûrement les mêmes questions que lui.

La starlette qui était sa maîtresse actuelle, Angie Greene, posa la main sur son bras tandis qu'il passait près d'elle, le regardant d'un œil sombre.

— Que s'est-il passé, Johnny ?

— Pourquoi me poser cette question ? gronda-t-il. Tu en as vu autant que moi.

— Moi, je n'ai rien vu du tout, fit-elle d'une voix froide.

— Tant mieux. Restons-en là.

Il prit le téléphone.

Combien de temps s'était-il passé ? Une minute ? Non, sûrement plus de deux minutes.

Il composa le numéro, attendit qu'on décroche, parla d'une voix calme.

— C'est John Royal. Je veux parler au Chef.

— C'est moi, Johnny, répondit la voix. Que se passe-t-il ?

— C'est plutôt à toi de me dire ça, Max.

— Tu parles des coups de feu ?

— Tu les as entendus ?

— Moi et tous les habitants de la baie. Ça venait d'à côté du Holiday Inn ou tout près de là. Ça t'inquiète ?

— Plus maintenant, mais les résultats m'ennuient.

— Qu'est-ce que tu veux dire ?

— Tu ferais bien de venir.

— Je ne comprends rien du tout à ce que tu me dis.

— La rencontre a été annulée, Max. Trois petits tours et puis s'en vont. Cass et ses copains ont été descendus. Tous les trois.

— C'est ridicule, Johnny. Ces coups ont été tirés à près d'un kilomètre.

— Oui, mais le résultat s'est fait sentir ici, Max. Et c'est justement *ici* que je veux que tu viennes.

— Je serai là dans cinq minutes. N'en parle à personne. Tu sais ce que je veux dire ?

— Oui, je sais. Dépêche-toi, Max.

Il raccrocha, prit le verre que le barman tenait toujours à la main.

— Il ne s'est rien passé ici, Jorge, déclara John Royal.

— D'accord, *señor*. Il ne s'est rien passé ici.

— Qu'est-ce qui ne s'est pas passé, Jorge ?

— Mais rien, *señor*.

— Exactement ! Angie ?

— Je suis ici, Johnny.

— Emmène les filles faire un tour en ski nautique. Prends le hors-bord.

— Tout de suite.

— Angie !

— Comment ?

— Dis aux filles comment sont les prisons mexicaines. Parle-leur du code Napoléon. Explique-leur bien combien elles ont intérêt dans un pays comme celui-ci, à fermer leur gueule. Décris-leur le Chef.

— Je les mettrai au courant, promit Angie en faisant signe aux filles de sortir du salon.

John Royal commençait à fulminer. Comment était-ce possible qu'il se soit laissé faire à ce point ? On s'était servi de lui ! Tous les habitants de la baie avaient entendu les coups de feu, et c'était chez lui que se trouvaient les cadavres ! On le prenait pour une poubelle ou quoi ?

Quelle horreur !

Toute cette histoire sentait le roussi. Si Max avait combiné ce massacre, s'il avait donné les ordres... John Royal sentit la moutarde lui monter au nez, car il se savait impuissant.

Il se précipita sur la terrasse, hurla à ses deux gardes :

— Laissez tomber ! Laissez-les où ils se trouvent. Max n'a qu'à se charger d'enlever ses ordures !

Il gagna ensuite sa chambre d'un pas chancelant, l'esprit en émoi, les pensées les plus folles lui traversant la tête. Puis il décida de se laver la figure et les mains et finit par changer de vêtements, car Cassiopea avait littéralement imprégné tout son ensemble tropical.

Quelques instants plus tard Max et ses tueurs débarquèrent, mais John Royal s'était déjà ressaisi et se sentait de taille à affronter le pire. Il accueillit Max avec un sourire forcé et lança d'une voix peu chaleureuse :

— Sur la terrasse près de la piscine, Max. Ça ne me plaît pas du tout, tu sais. Ça me donne envie de vomir.

— On verra, répondit Max d'une voix distante et froide.

Il entraîna ses hommes sur la terrasse. Ils en firent le tour comme un essaim d'abeilles enragées, se lançant des mots d'ordre d'un ton sec et précis.

— Tu ne les as pas bougés ? demanda Max à John Royal.

Royal jeta brièvement un regard sur ses deux gardes, puis répondit :

— J'ai pensé à ça. Non. C'est là qu'ils sont tombés.

Too Bad Paul, le chef d'équipe, s'éclaircit la gorge. Il avait les yeux mi-clos, et examinait les hauteurs qui dominaient la plage de l'autre côté de la baie.

Max le regarda puis lança :

— Tu es d'accord avec moi, Too Bad, je vois.

— Est-ce que c'est toi qui as organisé ça ? grinça John Royal qui commençait à se laisser emporter par la colère.

— Non, soupira Max. Ce serait tellement plus simple. Qu'est-ce que tu en penses, Too Bad ?

— Un, deux, trois, et pas d'histoires, gronda le grand Too Bad. Cass a été le premier, il est mort sur la chaise longue. Ensuite Scapelli qui a morflé en pleine course. Enfin le Gros. Le gars qui a fait ça, savait exactement comment ils allaient réagir. C'est absolument incroyable qu'il ait eu Scapelli. Un coup de chance peut-être. Scapelli courait à travers la zone. Le tir l'aura précédé d'un mètre au bas mot. Un tir insensé.

— Tu en connais dans le coin qui peuvent tirer comme ça ?

— Pas un.

— O.K. Trouvons son emplacement.

John Royal sentit son estomac se retourner en regardant les hommes de Max redresser la chaise longue et y déposer les restes de Bobby Cassiopea. Ils arrangèrent un peu le cadavre en insistant pour que Royal reprenne la place qu'il occupait au moment du drame. Il s'efforça de coopérer et leur décrivit même la giclée de sang et de cervelle qu'il avait reçue dans la figure et sur les vêtements.

Un des hommes de Max installa un théodolite d'ingénieur et se mit à calculer l'angle de l'impact de chaque balle par rapport à la place des morts.

En le voyant faire, John Royal se permit d'adresser la parole à Max :

— Scapelli n'est pas mort tout de suite, Max. Il s'est un peu traîné sur quelques mètres. Je ne sais pas si ça a de l'importance, mais...

— C'est important que tu te sois servi de ta tête, rétorqua Max avec détachement.

— Eh bien, je n'en sais rien. Je ne sais plus.

— Ne t'inquiète pas, tu t'en es bien sorti. Et ne crois pas que tu seras impliqué, je m'en occuperai. Je m'occuperai de tout.

— Bien sûr, je le savais bien, Max. Je les connaissais à peine, ces types.

— Ne t'en fais pas, Johnny. Fais comme d'habitude, c'est tout. Combien de témoins y avait-il ?

— Heu... juste Jorge et moi. Les types qui étaient sur la plage. Le marin sur le bateau.

— Bon, ils vont tous partir en congé payé, alors tu devras te retrouver du personnel. Ne t'en fais pas, je t'enverrai du monde. Qui d'autre, Johnny ?

— Qui quoi ?

— Des témoins. Où sont toutes les nanas que je vois chaque fois que je viens chez toi ?

— Elles font du ski nautique, Max. Je les y ai envoyées.

— Avant ou après ?

— Comment ?

— Avant ou après, Johnny ?

— Après.

Max, le Chef, soupira.

— On ne va faire du mal à personne, Johnny. Nom de Dieu, combien de fois faut-il que je te le dise ?

Too Bad, le gigantesque chef d'équipe, s'approcha. Il arborait un petit sourire finaud.

— Ça y est. On a trouvé, à cinquante mètres près. Heck m'a dit que c'était à plus de six cents mètres d'ici. Peut-être sept cents. Et deux tirs en pleine tête. Je n'en reviens pas.

— Moi non plus. Tu pourrais faire mouche comme ça, toi ?

— Hélas ! j'aimerais bien. Avec Heck on va aller voir, si tu n'y vois pas d'inconvénient.

— Allez-y.

Max contempla brièvement John Royal, comme si celui-ci l'avait profondément blessé, se retourna et traversa le patio. Royal le suivit des yeux, le vit descendre sur le ponton pour parler au marin.

Presque aussitôt le cabin-cruiser rugit, fit demi-tour, et partit au large. Max remonta jusqu'à la villa d'un pas lent.

Royal comprit qu'on allait ramener les filles. Tant pis. Tant pis pour elles. Il se dirigea jusqu'au bar, se versa un grand scotch.

Max ne s'approcha pas de lui, arpentant le patio en tous sens à la recherche de Dieu sait quoi.

Jorge avait disparu depuis longtemps.

Les deux gardes de John Royal étaient eux aussi partis.

Royal se sentit subitement mis à nu, violé. On lui avait arraché tous les éléments familiers d'une vie qu'il avait eu tant de mal à bâtir. Il se contempla tristement au fond du verre de scotch.

Etait-ce vraiment *sa* villa ? Non, rien ne lui appartenait vraiment; tout appartenait à la Mafia. *Fais comme d'habitude, Johnny.* Surveille les filles, occupe-t'en. Le grand John Royal n'était qu'un vulgaire maquereau malgré les apparences luxueuses et le prestige illusoire de sa renommée.

Les cadavres avaient disparu à leur tour, le dallage et la margelle de la piscine avaient été nettoyés. Il n'y avait plus aucune trace du triple assassinat.

La Mafia s'occupait effectivement de tout.

Un jour elle s'occuperait sans doute de John Royal avec la même efficacité silencieuse. Et puis après ? Royal avait vécu une vie pleine de rebondissements et de plaisirs, une vie plutôt remplie comparée à celle du commun des mortels.

Too Bad Paul et Heck étaient de retour, apparemment tendus par leur découverte, mais s'efforçant de rester calmes et lucides. Ils avaient découvert l'emplacement de tir et ils avaient trouvé autre chose qu'ils montrèrent au Chef. Pour la première fois de sa vie John Royal vit Max perdre son calme légendaire.

Avec des yeux exorbités, le Chef regarda l'objet qu'on lui avait mis sous le nez, puis il parut perdre la raison. Il poussa un cri de rage, courut jusqu'à la chaise longue de feu Bobby Cassiopea et la renversa d'un violent coup de pied. C'était sûrement un geste symbolique.

— Imbécile ! hurla-t-il. Espèce de connard !

John Royal comprit dès cet instant qu'une chose terrifiante était arrivée, et que la vie à Acapulco ne serait plus jamais pareille. La chose était arrivée en même temps que Cassiopea, l'avait tué net, et avait subitement mis fin à la vie tranquille de semi-retraité de John Royal.

Tout allait changer. John Royal le sentit jusqu'au fond de lui-même, mais il ne savait pas exactement dans quel sens.

Il leva discrètement son verre à la chaise renversée et porta un toast silencieux.

— Au changement, murmura-t-il.

CHAPITRE III

Les estivants à Acapulco portent une sorte d'uniforme qui se compose d'un maillot de bain, d'une chemisette à couleurs vives et de sandales. Ainsi était vêtu Mack Bolan, et cela le rendait presque anonyme. En revanche, son ensemble lui interdisait le port d'armes, mais il n'en avait pas besoin immédiatement.

Sa mission était toute douceur.

Il trouva la jeune femme à l'hôtel *Acapulco Royal*, dans le bar qui était conçu comme une île déserte, entouré par la piscine. Elle sirotait un café glacé. Il la vit de la plateforme qui surplombait le bar, et la reconnut aussitôt. Ce n'était pas difficile. Elle était sûrement la plus belle femme que Mack Bolan ait jamais vue. Le teint hâlé, elle avait une peau qui paraissait aussi douce qu'un pétale de rose. Ses cheveux semblaient tissés d'or et encadraient comme un écrin son visage étonnant. Ses yeux profonds rappelèrent à Bolan les lagons du Pacifique, et sa bouche trop large lui fit penser à un volcan.

Elle portait un boléro blanc transparent qui soulignait la rondeur gracieuse de ses seins et un minuscule slip blanc. A l'inverse de la plupart des femmes qui se promenaient presque nues à Acapulco sans que personne ne prît la peine d'y regarder à deux fois, elle aurait provoqué quinze accidents de la circulation en moins de cents mètres s'il lui était venu à l'idée d'aller en ville faire ses emplettes. Bolan n'eut donc aucun mal à la reconnaître.

Il prit une chaise et s'assit en face d'elle.

— J'ai de mauvaises nouvelles à vous annoncer, dit-il doucement.

Elle l'examina calmement de son regard bleu assez froid.

— Interdiction de stationner, *turisto*, dit-elle d'une voix agréable à l'oreille.

Bolan était sûr qu'elle conservait son calme, aussi lui dit-il sans préambule :

— Cass est mort.

Il vit une lueur dans ses yeux, mais ne perçut pas d'autre réaction.

— C'est peu banal comme entrée en matière, dit-elle. Je n'ai jamais été draguée de cette façon-là. Je suppose que je dois vous répondre : « Mais qui est Cass ? » et que vous me direz alors...

— Il a été tué d'une balle dans la tête sur la terrasse chez John Royal.

Bolan la renseigna d'une voix monocorde, anodine. Il ne montra pas plus d'émotion qu'un archéologue devant une bouteille de Coca.

— A l'heure actuelle il doit se trouver dans un sac en compagnie d'un gros poids, au fond du Pacifique. Ça s'est passé au plus mauvais moment possible, et l'endroit était très mal choisi. Le Chef réagit de manière prévisible, il fait disparaître tous les liens qui l'unissaient à Cass, et tous ceux qui pourraient être gênants. Vous n'avez pas beaucoup de temps pour vous mettre en sûreté. Même s'il était permis de stationner ici, je ne mettrais pas un *centavo* dans votre parcmètre.

Elle se mit à fouiller dans son sac pour trouver une cigarette, voulant sûrement cacher son trouble. Bolan attendit qu'elle en ait trouvé une, lui tendit son briquet et lui dit :

— Il n'y a que moi qui puisse vous protéger. C'est maintenant ou jamais. Ou bien vous vous levez et vous me suivez, ou bien vous allez vous retrouver au fond de la baie parmi les requins.

Elle avait du cran. Elle avait légèrement blêmi, mais conservant son calme, sa voix restait de glace.

— Qu'est-ce qui me dit que vous n'êtes pas un requin, vous aussi ?

— Rien du tout, répondit Bolan en se levant.

D'un geste tranquille elle prit son sac, posa quelques pièces de monnaie sur la table, se leva avec grâce, prête à le suivre.

L'emballage c'est la publicité, se dit Bolan en la regardant. Elle était encore plus superbe debout. Il se demanda quel effet ça lui faisait d'être si belle que tous les hommes se retournaient sur son passage. Apparemment elle l'acceptait comme un dû, et peut-être en ressentait-elle du plaisir.

— Quelle efficacité, murmura-t-elle. Chez vous ou chez moi ?

— Chez moi, dit sèchement Bolan en partant devant.

C'était la première fois qu'il la voyait, mais Bolan connaissait bien Martha Canada que ses amis appelaient Marty. A vingt-cinq ans, c'était une femme de carrière, une femme libre et évoluée qui n'avait pourtant rien d'une militante MLF. Elle avait fait son droit à Michigan State, son père était à la retraite après avoir occupé un poste important à la General Motors, sa mère était décédée, et son frère cadet, Jeremy, faisait sa troisième année d'université.

Elle était avec Cassiopea depuis environ un an, ayant abandonné Pontiac University où elle travaillait sur sa thèse, pour accepter la place de secrétaire privilégiée qu'on lui avait proposée. Cassiopea l'avait remarquée dans le concours de beauté de la Michigan State Fair, puis lui avait proposé un emploi qui coïncidait remarquablement avec ses qualifications académiques qui étaient, il faut avouer, exceptionnelles. Mais Bolan savait qu'elle était surtout là pour épater la galerie. Officiellement elle était sa secrétaire de direction et l'accompagnait partout dans le monde. Elle connaissait chaque capitale, rencontrait le gratin du jet-set et les magnats des affaires, avait tous ses frais payés et recevait de surcroît un salaire de grand patron.

Bolan avait compilé un dossier complet sur Martha Canada, mais il ne la connaissait pas encore à fond, et il ignorait quels étaient ses rapports avec la Mafia et son sous-fifre, le jeune financier génial, Bobby Cassiopea.

Le trajet jusqu'à son bungalow, au fabuleux *Hôtel Las Brisas*, qui dominait toute la baie d'Acapulco, se fit rapidement et en silence. Il ne fit pas plus d'effort qu'elle pour converser. Bien entendu, elle avait deviné leur destination en voyant la jeep bariolée de rose et de blanc que conduisait Bolan, et qui était l'une de celles que la direction de l'hôtel mettait à la disposition de ses hôtes.

Elle rompit enfin le silence lorsqu'il entra

sur l'aire de parking de l'immense hôtel qui était tout en terrasses.

— Est-ce que c'est vrai qu'il y a deux cents piscines?

Elle avait posé la question d'une voix distraite et Bolan lui répondit sur le même ton :

— Je n'ai pas eu le temps de les compter. Mais elles sont plutôt petites.

— C'est bien joli, dit-elle doucement.

C'était mieux que joli, l'*Hôtel Las Brisas*. Il y avait deux cent cinquante bungalows ou *casitas* équipés d'un bar complet et d'une piscine privée, cachés derrière des haies fleuries pour garantir la vie privée des clients. C'était idéal pour les couples en voyage de noces, les naturistes discrets ou les locomotives en quête de tranquillité dans une ambiance de club de luxe. La décoration était fastueuse et le service impeccable. Certains guides de voyage prétendaient que l'*Hôtel Las Brisas* était l'un des meilleurs dans le monde entier et Bolan n'en doutait pas. D'autant plus que les avantages de l'hôtel lui convenaient parfaitement.

— J'espérais que nous descendrions ici cette fois, dit-elle. Mais Mr. Cassiopea préfère les endroits plus voyants, plus mondains.

Evidemment, le « voyant-mondain » était l'image de marque de Cassiopea.

Bolan la fit descendre de la jeep, lui montra

le chemin de sa *casita.* Devant la porte, elle se retourna pour regarder la baie qui s'étendait à leurs pieds et respira à fond comme si elle essayait de comprendre aussi bien cet inconnu que la situation dans laquelle elle se trouvait.

— Ne vous en faites pas, dit brusquement Bolan. Ce n'est pas de moi que vous devez avoir peur.

— Pourquoi m'avez-vous amenée jusqu'ici ?

— Vous pouvez repartir quand vous le voudrez, dit Bolan. Suivez le petit chemin, il vous mènera jusqu'à la réception. Vous demanderez un taxi.

— Comment est-ce à l'intérieur ? fit-elle en jetant un coup d'œil sur le bungalow de Bolan.

Il lui ouvrit la porte, lui fit signe d'entrer.

— Faites comme chez vous.

Elle lui fit un petit sourire puis entra.

— C'est très joli, fit-elle du salon.

Bolan entra à son tour et referma la porte.

— Le bar est là, si vous avez soif, dit-il en lui désignant l'endroit. Si vous ne trouvez rien à votre goût, appelez la réception.

Mais elle s'approcha d'abord d'un grand compotier rempli de fruits, prit un *zapote,* puis s'installa sur une chaise longue près de la fenêtre en examinant le fruit qu'elle tenait à deux mains.

Leurs rapports avaient revêtu une nouvelle

apparence dans la *casita*. Bolan était un homme qui n'avait qu'un seul but dans la vie, et il ne perdait jamais de temps à s'occuper de sa vie sentimentale, mais il était tout à fait sensible au charme de cette jeune femme exceptionnelle. L'endroit et le cadre y étaient pour quelque chose aussi. Mais Martha Canada le troublait énormément.

Il alluma une cigarette, contempla la baie.

— C'est très beau, n'est-ce pas ? fit-il à voix basse.

— Très.

Elle paraissait aussi mal à l'aise que lui.

— Je présume que vous vous demandez qui je suis et ce que je veux ?

— En effet, avoua-t-elle doucement. Indiscutablement vous ne faites pas partie de la police mexicaine. Alors qui êtes-vous ? FBI ? CIA ? Quoi, au juste ?

— Disons un ami.

Elle secoua la tête.

— Ce n'est pas une explication. Vous avez sûrement inventé cette histoire de toutes pièces.

Elle plaisantait à moitié, jaugeait les faits, pesait le pour et le contre, recherchait une parcelle de logique dans ce magma d'invraisemblances.

— De deux choses l'une, ou bien vous m'avez

kidnappée, ou alors Cass va entrer d'une seconde à l'autre et nous allons tous rigoler de cette plaisanterie d'un goût douteux et...

Il l'interrompit brutalement.

— Téléphonez-lui.

Elle eut l'air surpris et rassuré à la fois.

— L'appeler au téléphone ? Cass ?

— Essayez toujours.

— Où est-il ?

— Je vous l'ai déjà dit. Mais pour que vous en soyez certaine, téléphonez-lui. Chez John Royal.

— Qui ?

— John Royal.

— Mais je ne le connais pas.

— Vous êtes la secrétaire de Cass. Il peut y avoir une multitude de raisons pour lesquelles vous pourriez lui téléphoner. Appelez chez Royal.

Elle le contempla un instant puis secoua la tête.

— Non, je ne peux pas. Je ne suis même pas censée connaître l'existence de John Royal.

— Ce qui n'est pas le cas apparemment.

Elle rougit légèrement.

— Effectivement.

— Que savez-vous réellement ?

Elle cligna des yeux, battit des cils.

— Ça commence à sentir l'interrogatoire. Redevenons amis comme avant.

— Vous connaissiez les rapports de Cass avec la Mafia, n'est-ce pas ? demanda Bolan d'une voix glaciale.

Elle fixa le *zapote* qu'elle tenait dans ses mains.

— J'avais des soupçons, fit-elle. Aucune preuve, ne serait-ce que pour moi-même, mais il est difficile de passer presqu'une année avec quelqu'un et de tout ignorer de lui. On remarque certaines choses. Je me suis posé des questions à son sujet, oui. Vous pouvez me croire ou pas, j'avais décidé de lui remettre ma démission tout de suite après ce voyage. Dès notre retour à Détroit.

— Aurait-ce été si simple ?

— Je ne comprends pas.

— Il n'y avait rien entre lui et vous ? Rien de personnel ?

Elle adressa un sourire d'amère ironie au *zapote*.

— Mon père pense comme vous.

— Ce n'est pas une réaction anormale, rétorqua Bolan. La plupart des gens pensent comme ça.

— Alors soyez rassuré sur mon compte. Est-il vraiment mort ?

Bolan opina.

— Cela vous ennuie beaucoup ?

— Plus tard peut-être, mais pour le moment je suis sous le choc. Mais peu importe ce que je ressens, ça ne vous regarde pas spécialement. Qui êtes-vous ?

Il lui sourit.

— Plus tard, peut-être. Mais je dois d'abord connaître vos rapports exacts avec feu Cassiopea.

— Professionnels, dit-elle. Strictement professionnels. Je le respectais, je l'admirais, je l'aimais bien au début, mais il n'y avait aucune intimité entre nous.

Elle leva ses grands yeux, le fixa longuement.

— Il est vraiment mort ?

Bolan poussa un soupir et lui tendit le téléphone.

— Appelez votre hôtel et demandez Cassiopea, mais ne dites pas qui vous êtes.

— Ça ne prouvera rien sinon qu'il est sorti.

— Faites ce que je vous dis. Si je ne me suis pas trompé sur le compte du Chef, vous allez avoir droit à une surprise.

— Mais qui est ce Chef dont vous parlez tout le temps ?

— Passez donc ce coup de fil, lança Bolan d'une voix exaspérée.

Elle composa le numéro. Après avoir demandé Cassiopea et écouté un instant la standardiste, elle regarda brusquement Bolan, les yeux incrédules.

— Mais bien sûr qu'il est descendu là, lança-t-elle, furieuse.

— Demandez-lui si vous êtes enregistrée, suggéra Bolan.

Un éclair de rage passa à travers son regard.

— Alors passez-moi miss Martha Canada, dit-elle.

— Attendez-vous à un choc de plus, marmonna Bolan.

— Merci, chuchota-t-elle en raccrochant.

Elle fixa Bolan.

— C'est très bizarre. Nous ne sommes ni l'un ni l'autre enregistrés à l'hôtel.

— Le Chef est très efficace, dit Bolan. Vous voulez toujours savoir qui il est ? C'est le capo d'Acapulco et de toute l'Amérique Centrale. C'est un homme très dur, très efficace, et j'ai le regret de vous informer que son seul souci immédiat s'appelle miss Martha Canada. Vous êtes le seul lien vivant qui l'attache à l'assassinat de Cassiopea. Etes-vous convaincue à présent ?

Elle se mordit la lèvre, fouilla son sac, en retira un petit carnet d'adresses. Elle fit tourner les pages, lut un numéro de téléphone puis le composa.

— Soyez prudente, dit Bolan. Ne dites pas où vous êtes.

Elle lui fit signe qu'elle avait entendu et continua de le regarder pendant qu'elle parlait.

— Oui, allô ? *Buenas tardes*, est-ce que vous parlez anglais ?

Elle ne quitta pas le regard froid de Bolan un instant.

— Tant mieux. Je suis Martha Canada, la secrétaire particulière de Mr. Cassiopea. On m'a dit que je pourrais le joindre à ce numéro. Est-il là ? Oui, merci.

Elle mit la main sur l'embout du téléphone et dit à Bolan :

— C'est un monsieur avec un accent mexicain. Il est parti demander.

Elle retira sa main rapidement.

— Allô, oui ? Qui est à l'appareil, s'il vous plaît ? John Royal ! Oh, je suis navrée de vous déranger... je ne savais pas. Mr. Cassiopea a laissé ce numéro au cas où... Est-il là ?

Elle fit signe à Bolan d'approcher, écarta l'écouteur pour qu'il puisse entendre. Bolan avança son visage près du sien et entendit la voix si familière du grand John Royal.

— ... ne me posez pas de questions, miss. Ecoutez-moi et pour l'amour de Dieu, croyez-moi. Ne rentrez pas à votre hôtel, ne vous en approchez pas. On vous y attend sûrement. Ne me demandez pas qui *ils* sont non plus. Mais je vous assure que vous êtes en grand danger si vous restez à Acapulco. Surtout n'allez pas au consulat américain, ce serait la mort. Quittez ce pays aussi rapidement que possible.

— Mais, Mr. Royal, je...

— Attendez, n'allez pas à l'aéroport, on pourrait vous y attendre aussi. Prenez l'autocar pour Mexico City, puis débrouillez-vous sur place. Ecoutez, si c'était moi, je prendrais plutôt un taxi pour Mexico, c'est plus sûr. Et surtout, surtout, ne me rappelez pas chez moi, ne...

— Mais, Mr. Royal, où est Mr. Cassiopea ?

— Mais ne m'avez-vous pas écouté, bon sang ? Je n'ai jamais entendu parler de ce type, et vous non plus si vous avez un peu de jugeotte.

Il raccrocha.

Bolan prit le téléphone des mains de la jeune femme et lui dit :

— La terre brûlée, la retraite de Russie.

— Mais pourquoi ? chuchota-t-elle. C'est insensé !

— Voilà pourquoi, dit-il en lui mettant une médaille de tireur d'élite au creux de la main.

— Qu'est-ce que c'est ? demanda-t-elle en examinant la petite médaille d'un regard inquiet.

— C'est ma signature. Je m'appelle Mack Bolan.

— Incroyable ! murmura-t-elle en s'évanouissant.

Il la ramassa avec douceur, la porta jusqu'au lit, terriblement conscient de son corps presque nu. La paume des mains lui brûlait et des frissons incandescents lui parcouraient les bras.

— Vous êtes plutôt incroyable aussi, dit-il doucement à la jeune femme inconsciente.

Puis il partit chercher une serviette trempée dans la salle de bains. Ce n'était pas le moment de se laisser aller, de se laisser distraire.

L'Exécuteur était venu à Acapulco pour une seule raison, tuer et faire la guerre.

Bolan avait décidé de raser les structures mexicaines de la Mafia.

CHAPITRE IV

Acapulco est une des rares villes internationales du continent américain. C'est un Las Vegas au bord du Pacifique, un Miami Beach sans l'ostentation baroque, c'est un Monaco sans casino, c'est un Cannes sans le Festival du Film.

Acapulco est un carnaval perpétuel avec deux personnalités très distinctes. D'une part c'est le soleil et la plage, le tourisme, la pêche en mer, le ski nautique, le vol à voile au-dessus de la baie, le parcours des boutiques de luxe, les bars et les restaurants, le *zocalo*, la place de l'Hôtel de Ville, où l'on peut traîner en regardant les passants, vêtus de l'uniforme standard composé d'un maillot de bain et d'une chemisette bariolée. Tout est confortable, luxueux et aisé.

D'autre part il y a l'heure de la *siesta*, les couchers rougeoyants du soleil sur le Pacifique, les grands restaurants où l'on peut dîner à ciel ouvert ou dans de superbes salles à manger, les cocktails qui réunissent les snobs du jet-set, les soirées données dans de grandes villas au bord de l'eau, ou sur un yacht, ou sur la plage privée de quelque magnat du pétrole ou des affaires. Il y a des cabarets, des strip-tease, des discothèques. Il n'y a pas d'uniforme, tout est permis. C'est le déguisement le plus aberrant ou le chic le plus discret. La fantaisie règne en maîtresse absolue. Mini-shorts en satin, jupons de gitane, collants en strass, jeans élimés, kaftans marocains et chemisiers transparents. La mode dépend de chaque femme, de son goût et de son courage personnel.

Les hommes préfèrent visiblement le confort. Les cravates, le nœud papillon, les cols amidonnés sont banis. Ils portent des pantalons pas trop près du corps, des chemises brodées, des mocassins souples. D'autres, plus audacieux, affectent une mode plus hippy, chemises indiennes, kaftans aérés, parfois une simple cape avec des chaînes en or autour du cou.

Si c'est un carnaval, ce n'est pas la folie de New Orleans ou de Rio, c'est plutôt une façon d'être et de vivre à condition d'en avoir les moyens. A Acapulco c'est l'esprit qui compte avant tout.

Il y a aussi deux villes. La première s'étend le long de la côte et surplombe les plages et les falaises, se dresse dans le ciel bleu en petits gratte-ciel ou se love en terrasses sur les pentes qui dominent la baie. La seconde est emprisonnée entre le port de la baie et les montagnes qui l'entourent, et c'est dans celle-ci que vivent les deux cent cinquante mille autochtones.

La baie elle-même est un demi-cercle limité par deux péninsules qui semblent se jeter dans la mer vers le sud, et qui ressemblent aux pinces d'un crabe demesuré. La péninsule ouest abrite la « vieille ville », le vieil Acapulco, et c'est là que se trouve le *zocalo*, autour duquel se situe le quartier commerçant. Les hôtels qui se trouvent dans cette partie de la ville sont plus vétustes que ceux qui bordent le front de mer, mais ont néanmoins un certain charme que les plus nouveaux n'ont pas su conserver. Là aussi se trouvent l'arène, les courts de jaialai, les plages qui sont à la mode le matin et l'île Roqueta.

C'est également à l'extrémité de la vieille ville que se trouve la célèbre falaise, la Quebrada, du haut de laquelle les cascadeurs téméraires d'Acapulco se lancent dans les creux du Pacifique, en calculant avec une grande précision dans quel creux ils vont plonger. C'est un spectacle ahurissant pour les touristes aux yeux ébahis qui viennent régulièrement voir ces hommes extraordinaires qui défient la mort à chaque saut.

Du côté de la baie il y a les plages de Honda et de Manzanillo, et la grande plage à la mode l'après-midi, Hornos, ainsi que la plage réservée, il semble, aux homosexuels, La Condesa. C'est là que commencent à s'élever les palaces du front de mer.

L'*Hôtel Las Brisas*, où était descendu Bolan, se trouvait sur une grande colline qui surplombait la péninsule est. Au sud se trouvait une seconde baie, plus petite, qui s'appelait Puerto Marques et où se trouvait la plage Pichelingue au-dessus de laquelle s'étendaient les grandes villas blanches des riches d'Acapulco. Un peu plus loin encore il y avait la plage Revolcadero et l'*Hôtel Princesse* en forme de pyramide aztèque.

Bolan avait choisi l'*Hôtel Las Brisas* parce qu'il savait qu'il y trouverait du calme et de la discrétion, mais aussi à cause de son emplacement. L'est de la baie était le repère du jet-set et c'était là que Bolan avait à évoluer. Les vedettes, stars et magnats étaient aussi communs dans cette zone qu'une baguette dans une boulangerie. C'était là que la Mafia faisait peau neuve, et là qu'elle commençait à bâtir un nouvel empire.

La Conférence d'Acapulco était très différente des conférences qui l'avaient précédées. C'était une plaque tournante sur laquelle s'arrêtaient brièvement les grands truands ou leurs émissaires, juste le temps de conclure un marché, d'acquérir un territoire au sein de la nouvelle Mafia.

Max Spielke qu'on avait surnommé le Sultan, *el capo mexicano*, ou tout simplement le Chef, dirigeait les rencontres. Spielke avait beau être juif, il était bel et bien le capo de toute l'Amérique Centrale, et il n'y avait pas un seul Italien qui trouvait à y redire.

On avait décidé en haut lieu qu'Acapulco était le cadre idéal pour une conférence. On ne tenait pas à répéter la catastrophe de Montreal où un certain fumier nommé Bolan était venu mettre la pagaille et tuer la majeure partie des participants. Il n'y avait jamais de scandale ni d'éclat à Acapulco où les personnages les plus connus dans le monde pouvaient aller et venir sans provoquer de remous.

Bolan n'avait eu aucun mal à se rendre au Mexique. Il avait rempli une carte de touriste pendant qu'il prenait son billet d'avion dans une agence de voyage aux Etats-Unis. Il n'avait jamais eu de problème pour se procurer des papiers d'identité, il suffisait de payer pour obtenir certificat de naissance, passeport, permis de conduire et diverses cartes de crédit. Tout ce qui se faisait dans ce domaine pouvait s'acheter.

Mais ceux qui s'étaient rendus à Acapulco pour les rencontres n'avaient pas à se soucier de cette sorte de problème. Ils n'étaient pas traqués comme Bolan. Même si les agences de plusieurs nations les surveillaient, quelques jours de vacances dans la capitale estivale mexicaine ne semblaient comporter aucune menace.

Il y avait d'autres éléments qui favorisaient les rencontres. Récemment le Mexique était devenu l'un des premiers pays du Tiers Monde. Les rapports diplomatiques et économiques avec les Etats-Unis s'étaient dégradés, laissant libre champ à la Mafia qui semblait découvrir avec joie et prédilection un nouveau paradis latin. Le Mexique était l'endroit idéal pour investir les dollars noirs qui ressortaient blanchis en forme de profit.

Le Mexique était ainsi devenu pays de la *mordida,* du bakchiche, du pot-de-vin, et les fonctionnaires du gouvernement étaient les premiers à tendre la patte afin de fermer les yeux. Ceux qui faisaient exception étaient rarissimes, leur attitude paraissait anormale. Les mafiosi se sentaient chez eux dans cet environnement, de véritables poissons dans l'eau, et ils savaient parfaitement bien exploiter toutes les possibilités qui leur étaient offertes.

Bolan et les policiers canadiens leur avaient

montré combien il était stupide de siéger ouvertement à une conférence régulière. Cette fois ils se retrouvaient à Acapulco par petits groupes qui se rencontraient dans la discrétion et la clandestinité en se servant du gratin international comme couverture.

Mais Bolan avait suivi leur va-et-vient de près, il se passait peu de chose dans la Mafia qu'il ignorât. On le connaissait surtout pour la terreur qu'il était capable de semer, mais ses points forts étaient l'intelligence et l'instinct. Sans ces qualités il aurait été moins efficace et il serait mort depuis belle lurette.

Il connaissait Cassiopea depuis la guerre de Detroit et la rencontre de Montréal. Il savait tout de lui tandis que les agents fédéraux murmuraient le nom de Butch Cassidy en se demandant toujours si Cassiopea faisait oui ou non partie de la Mafia.

En revanche il n'en savait pas long sur Spielke. Jusqu'à présent la branche mexicaine de la Mafia n'avait pas eu de grandes prétentions et servait de prétexte aux divers mafiosi qui prenaient quelques jours de soleil sur la plage. Il n'y avait aucun représentant permanent sur place. Le Chef était celui qui avait les contacts, qui était passé maître dans l'art de la *mordida*, qui savait mieux que quiconque manipuler le jet-set. Bolan n'avait jamais entendu parler de Spielke en dehors de ce contexte. Il possédait un énorme yacht, l'une des plus belles villas de la côte, et il était considéré comme l'un des hommes les plus riches d'Acapulco.

Acapulco lui appartenait comme un fief à un seigneur féodal au Moyen Age. Nul ne l'ignorait, et personne ne marchait sur ses plates-bandes. Il ne se passait rien dans le milieu criminel sans qu'il touche une prime ou un pourcentage. Aucune affaire n'était entreprise sans son consentement. C'était un territoire privé où la chasse était gardée. En conséquence, jusqu'à présent Bolan savait très peu de choses sur les agissements de Spielke. Mais subitement Acapulco était devenu un grand centre de trafic de stupéfiants; héroïne et cocaïne arrivaient et repartaient vers le nord et ailleurs. Il y avait eu aussi des rumeurs concernant un réseau international de call-girls. Les filles étaient recrutées à Acapulco et y faisaient leur entrée dans le gratin international.

Enfin, grâce à Cassiopea, Bolan avait eu vent des projets de la Mafia, avait appris l'existence de la *Nuova Cosa Nostra*, et su qu'une rencontre se préparait à Acapulco. Il était sur place depuis une semaine et en avait profité pour surveiller tous les mafiosi de passage. L'attaque qu'il avait menée sur la villa de John Royal et la suppression des trois hommes n'étaient que les premiers coups de canon d'une guerre impitoyable, minutieusement préparée.

En regardant la jeune femme presque nue allongée sur son lit, il se demanda si elle était impliquée dans les affaires de Cassiopea, puis renonça aussitôt à chercher une réponse. Il n'en avait aucune idée. Il n'y avait aucune certitude en ce qui la concernait, mais il se rendit compte combien il était influencé par le charme qu'elle exerçait sur lui.

Il avait eu deux raisons pour entrer en contact avec elle. D'abord parce qu'il avait réellement eu peur qu'elle soit supprimée après la mort de Cassiopea, ensuite parce qu'il était sûr qu'elle pourrait l'éclairer sur certains points, comme par exemple le réseau de call-girls de haute volée. Il lui paraissait invraisemblable qu'elle ait passé autant de temps avec Cassiopea sans rien apprendre sur ses affaires. Et pourtant...

Elle commença à s'agiter en revenant à elle et repoussa maladroitement la serviette trempée avec laquelle Bolan lui essuyait le visage.

— Ça mieux ? demanda-t-il.

Elle eut un mouvement de recul en le voyant si près d'elle.

— Que... que s'est-il passé ?

— Vous avez eu un choc, vous vous êtes évanouie, expliqua Bolan avec un petit sourire amical.

Plus elle se reprenait plus elle trouvait la situation déplaisante. Elle jeta un coup d'œil autour de la chambre.

— Pourquoi m'avez-vous emmenée dans cette chambre ?

— Pas pour ce que vous imaginez, ironisa Bolan. Parce que je ne connaissais pas d'autre endroit où vous seriez en sécurité. Vous savez qui je suis, n'est-ce pas ?

— Je sais ce que vous êtes, précisa-t-elle froidement. Votre nom sonne comme un glas.

Le réveil et l'abrutissement provoquent toujours des réponses franches. Martha Canada craignait et haïssait Mack Bolan. Il en prit conscience sans manifester la moindre émotion, mais décida de s'en souvenir.

— Vous savez donc que c'est moi qui ai tué Cassiopea et ses deux amis qui dirigeaient le trafic de stupéfiants en Amérique Centrale. Ils étaient justement en train de discuter la création de nouvelles voies de distribution. Ce n'est que le commencement.

— Le commencement de quoi ? marmonna-t-elle.

— Le commencement de la fin du nouveau monde de la Mafia. Ils sont en train de se le partager, c'est pourquoi ils se sont réunis à Acapulco. Ils vont tout remodeler sauf ce qui leur convient, les vices du passé. La drogue, le sexe, le pouvoir, la misère et la corruption. Ils sont très habiles et savent exactement comment en profiter.

— Vous allez trop au cinéma, marmonna-t-elle.

— Tu parles ! A Hollywood on n'oserait pas filmer la réalité même si on la connaissait. La Mafia c'est l'enfer. Un enfer que je connais personnellement depuis pas mal de temps. Pas vous ?

Elle se crispa, tourna son visage vers le mur. Bolan reprit :

— Depuis quelques mois Cassiopea s'occupait exclusivement d'un réseau de call-girls. Il a introduit dans le nouveau monde de très belles jeunes femmes qui ont du charme et de l'éducation, et qui sont prêtes à tout avec des hommes d'Etat, des généraux ou n'importe quel quidam qui peut être utile. Ce n'est qu'un début, après viennent le chantage, l'escroquerie, la trahison et l'espionnage. Vous n'étiez pas au courant, Martha ?

— Allez au diable, marmonna la jeune femme.

— Evidemment tout ça n'exclut pas un assassinat occasionnel ni une lente mise à mort pour les filles qui ne se plient pas aux exigences de leurs maîtres, ou leur expédition sur le marché d'esclaves.

Elle se redressa lentement.

— Vous ne croyez pas ça tout de même ?

— Je crois ce que je vois, et j'ai vu tout ça.

— D'après ce que j'ai entendu, vous n'êtes guère mieux qu'eux.

— Je n'ai jamais tué d'innocents, et je n'ai jamais malmené une femme. Du moins pas encore.

— C'est une menace, non ?

— Non, c'est un fait, dit Bolan de sa voix froide.

Il s'approcha du placard, se mit à décrocher ses vêtements. En commençant à faire sa valise, il dit à la jeune femme :

— Je pars. J'ai terminé mon travail d'approche, je vais passer aux choses sérieuses. J'ai une autre planque, c'est fini ici. Le loyer est payé jusqu'à la fin de la semaine. Restez si ça vous dit, d'ailleurs je vous le conseille vivement.

Elle s'assit sur le lit, le fixa !

— C'est tout ?

— C'est tout. Faites attention à vous, j'espère qu'il ne vous arrivera aucun mal.

— Vous croyez réellement que je suis en danger ?

— Vous avez entendu John Royal, non ? Bien

sûr, vous êtes en danger. Il y a trop en jeu pour qu'on vous laisse filer comme ça.

— Ça ne me paraît pas logique.

Bolan continua à remplir sa valise.

— Imaginez que je sois en train de me promener dans la rue. Deux voitures se rentrent dedans de plein fouet et commencent à brûler. Je me précipite et je tire les victimes du feu, mais elles sont déjà mortes. Savez-vous ce qui va m'arriver ?

Elle le fixa d'un regard curieux.

— Eh bien, vous êtes un fugitif, mais...

— Avant qu'on le sache, avant que je sois identifié, je serais jeté en prison. On me mettrait dans un trou à rats et j'y resterais en attendant qu'on détermine la cause du décès des victimes de l'accident. Je ne suis pas un héros, vous savez. Je suis coupable de ce que les Mexicains appellent *mal medicina*. J'ai touché à un blessé et le blessé est mort. Jusqu'à preuve du contraire, c'est moi qui l'ai tué. Je vous dis ça pour vous expliquer le code Napoléon qui est en vigueur au Mexique. On est coupable jusqu'à ce qu'on prouve son innocence, ce qui peut prendre longtemps. En attendant on découvre qui je suis, ce que j'ai fait, etc... Ainsi je ne recouvrerai plus jamais ma liberté.

— Alors ? demanda-t-elle, intriguée.

— Alors Max le Chef a beaucoup d'influence

à Acapulco, et ça m'étonnerait qu'il soit inquiété même si quelqu'un était assassiné dans sa propre chambre à coucher. Mais la plus petite enquête sur lui révélerait une montagne de faits graves. Malgré toute son influence, il n'arriverait pas à étouffer l'affaire. Et surtout, ce n'est pas le moment d'avoir des histoires avec la loi; la rencontre a trop d'importance. Plus les autorités en savent sur le Chef, plus elles peuvent lui demander d'argent. Il tient à se protéger, à protéger les rencontres et à effacer toute trace qui le lie aux victimes. Mais il ne vous tuerait probablement pas, Martha.

— Pourquoi dites-vous ça ?

— Il vous vendrait. C'est logique.

— Comment ?

— Ou peut-être vous donnerait-il. A un cheik du désert qui lui a rendu service. Ou à un chef de tribu africain qui a de l'influence dans son pays. Ou à un maquereau algérien de Tanger.

La jeune femme était devenue très pâle.

— Vous plaisantez ?

— Je n'ai pas suffisamment d'humour noir pour inventer ça.

— Mais alors ne me laissez pas ! explosa-t-elle.

— Hélas, je n'ai pas le choix, Martha.

— Mais il me retrouvera ! Vous ne savez pas,

moi je sais ! Max est un véritable dieu à Acapulco ! S'il me veut, il me retrouvera !

Bolan poussa un soupir. Le réveil, l'abrutissement et la peur avaient provoqué cet éclat qui en révélait beaucoup. Bolan en avait mal au cœur, mais il était sûr maintenant; elle en savait plus long qu'elle ne le disait.

— D'accord, Martha, fit-il. Vous ne valez pas le coup, mais je vais vous emmener avec moi.

Elle puait la Mafia à plein nez...

CHAPITRE V

Magasins et boutiques s'éveillaient, ouvraient portes et vitrines; l'heure de la *siesta* était passée. Les touristes s'activaient sur la plage, parce que leur sieste à eux avait plutôt lieu au coucher du soleil.

Bolan avait mis un large pantalon blanc, des mocassins, une chemise de marin et une casquette de yachtman. Il portait aussi un 38 Special attaché avec des lanières à l'intérieur de la cuisse, caché sous le pantalon bouffant.

Il s'arrêta dans une boutique et acheta un châle de plage et un grand chapeau de paille pour couvrir les cheveux dorés de Martha Canada. Elle accepta son cadeau sans un mot, passant le châle sur ses épaules, enfonçant le chapeau sur ses yeux.

Bolan partit aussitôt à la marina, conduisit la jeune femme sur l'in-board qu'il avait loué dès son arrivée à Acapulco, y rangea son équipement, puis ramena la jeep dans le parking du port où il la gara.

Le surveillant de la marina l'avait observé depuis son arrivée, se tenant près de la fenêtre de son bureau. Bolan entra, lui remit quelques *pesos*. L'homme les empocha, remercia Bolan d'un petit mouvement de la tête et le gratifia d'un sourire de service.

— Je vois que vous êtes accompagné, *señor* Franklin, dit-il. Aurez-vous besoin de skis ?

— Non, *gracias*, répondit Bolan.

L'homme sourit avec un peu plus de sincérité.

— Vous partez à la pêche, peut-être ?

— Peut-être, fit Bolan.

Il repartit sur le ponton. Tendue, Martha Canada était assise à l'avant de l'in-board qui faisait seize pieds de long et comportait un moteur puissant. La jeune femme avait retiré le châle et le chapeau de paille.

Bolan fronça les sourcils en la voyant ainsi découverte, puis s'installa aux commandes, mit le contact, se releva pour larguer les amarres.

— Je peux faire ça, dit Martha.

— Restez assise, gronda-t-il. Remettez le chapeau.

Le gardien les observait avec des jumelles.

— Il se passe quelque chose ? demanda la

jeune femme en regardant la mine anxieuse de Bolan.

— Sait-on jamais, fit-il en dénouant les cordages.

Il se remit aux commandes, quitta le quai à petite vitesse.

— En cas de besoin, vous savez piloter un bateau ?

— Bien sûr.

Il lui passa les commandes et ajouta :

— Direction sud.

Puis il sortit ses jumelles. Le gardien les fixait toujours, mais il parlait simultanément au téléphone.

Ce n'était pas grand-chose, juste assez pour inquiéter Bolan. Il descendit dans la cale pour préparer son matériel et ses armes, et lorsqu'il remonta sur le pont pour reprendre les commandes, il avait le gros Auto-Mag sur la hanche et un PM Uzi suspendu autour du cou.

Ils étaient presque sortis de la marina à laquelle Bolan donnait toute son attention. Martha Canada avait aperçu son armement et le fixait avec hostilité.

— Que faites-vous ? demanda-t-elle d'une voix inquiète.

— Je vais essayer de survivre.

Il glissa le PM Uzi sous la barre puis vira brusquement à l'est de la baie.

La jeune femme perdit aussitôt le chapeau de paille et reçut une giclée d'eau de mer.

— Ça va ? demanda Bolan d'une voix plus douce.

— Ça va, dit-elle succinctement.

Ils ne s'étaient pas adressés la parole depuis le moment où ils avaient quitté l'*Hôtel Las Brisas*, laissant planer un silence pesant. Une seule fois, lorsqu'ils s'approchaient en voiture de la marina, elle avait parlé.

— J'imagine que je vous mets en danger ?

— On verra, avait dit Bolan.

Ils en étaient restés là; mais le fait était que Martha Canada augmentait sérieusement les risques que Bolan devait prendre, et qui pouvaient malheureusement compromettre ses chances d'abattre la Mafia à Acapulco.

Bolan lui-même n'était qu'une espèce de fantôme. Il était là sans y être vraiment. Personne ne le connaissait et peu de ses ennemis qui l'avaient vu avaient survécu à la confrontation. Ils ne le connaissaient que de réputation, et Bolan tenait à ce que les choses ne changent pas.

Il se déplaçait avec précaution, toujours aux aguets, prêt à réagir immédiatement en cas de rencontre avec l'ennemi, toujours prêt à tuer ou à s'éclipser. Chaque fois qu'il allait de l'avant, il prévoyait deux portes de sorties.

Ainsi la jeune femme lui posait des problèmes parce que l'ennemi la connaissait et la recherchait par tous les moyens. Sa beauté était de surcroît extrêmement voyante et difficile à dissimuler. Le gardien de la marina avait sûrement tiqué et téléphonait sans doute à quelqu'un qui travaillait pour le Chef.

Elle allait le mettre en danger, il n'y avait pas le moindre doute. Mais Bolan se connaissait aussi bien qu'il connaissait son ennemi et il savait qu'il était incapable d'agir autrement. Il fallait la remorquer derrière lui et espérer pour le mieux en jonglant avec ses projets. Il ne pouvait pas changer le fait que la jeune femme jouait un rôle dans ce jeu, mais il pouvait peut-être modifier son importance.

Il pouvait aussi accabler le Chef, lui faire penser à autre chose, lui donner d'autres soucis. C'était ce qu'il avait l'intention de faire.

— Mais c'est le yacht de Max ! s'écria la jeune femme en désignant le superbe bateau qui se dressait devant eux sur l'horizon.

— Exactement, dit Bolan.

— Vous ne m'emmenez pas *là* ?

— Ecoutez, ou bien vous me faites confiance ou vous abandonnez, répondit Bolan en hurlant pour se faire entendre malgré le rugissement du moteur. Si vous n'avez pas confiance, c'est le moment de partir à la nage !

— Merci, je reste ! s'écria la jeune femme.

Le superbe trois mâts équipé de deux puissants diesels était ancré dans la partie sud de la baie, en face de la plage de Guitarron. Il faisait un bon trente mètres de long et il était tout à fait capable de naviguer en haute mer.

Les habitués d'Acapulco renseignaient souvent les touristes qui s'extasiaient en voyant le *Seaward*, et leur décrivaient le grand salon où plus de trente personnes pouvaient s'asseoir à table, les cabines luxueuses, et le confort des ponts.

On disait que Spielke aimait son yacht pardessus tout. Recevoir une invitation de sa part et participer à une de ses fameuses soirées nautiques constituaient une véritable victoire sociale et mondaine. Faire partie d'une virée jusqu'à Puerto Vallarta était un honneur insigne.

Bolan avait fait sa propre enquête, et il avait découvert que Spielke n'invitait jamais les truands de passage sur le yacht et n'y arrangeait jamais de rencontres d'affaires. La plupart du temps le yacht restait à l'ancre dans la baie, avec deux hommes à bord qui s'occupaient de l'entretien et du gardiennage. Lorsque Spielke recevait, il faisait monter à bord une partie du personnel de sa villa, et lorsqu'il partait en croisière il engageait un équipage intérimaire.

La villa de Spielke se trouvait sur les hauteurs qui dominaient Guitarron. Il sortait souvent sur la terrasse pour le simple plaisir de regarder son bateau ancré à quelques centaines de mètres du rivage. Il y avait pourtant un quai et un ponton juste en-dessous de la villa, mais la quille du *Seaward* était trop importante pour y accoster.

A cinquante mètres Bolan coupa le moteur du in-board.

— Vous n'êtes jamais montée à bord ?

— Non, fit Martha Canada d'une petite voix.

— Jamais ?

— On ne m'y a pas invitée.

— Vous aimeriez y monter maintenant ?

— Pas pour tout l'or du monde ! s'écria-t-elle en frissonnant.

— Tant mieux, parce que je voulais justement vous demander de me rendre un service.

Elle frissonna de nouveau.

— Qu'est-ce qu'on va faire ?

— Kidnapper un yacht bien-aimé.

— Quoi ?

— C'est méchant, hein ?

Il observait le *Seaward* avec ses jumelles et essayait de deviner ce qu'il trouverait à bord. Sur le pont un grand type en T-shirt et pantalon blancs les regardait. Un autre homme s'affairait avec les cordages à l'avant.

— Ça a l'air facile d'ici. Je vais monter à bord. Restez aux commandes, faites un tour, mais restez assez près. Il faut que je puisse vous rejoindre à la nage.

— J'espère que vous savez ce que vous faites, dit-elle d'une voix mourante.

— Moi aussi, s'esclaffa Bolan.

Ils s'approchèrent lentement et accostèrent au bas de la passerelle où était attaché un dinghy. Bolan défit rapidement le filin et poussa la petite embarcation dans le sillon de l'in-board qui s'éloigna aussitôt.

Le grand type en T-shirt poussa un cri, se mit à dévaler les marches de la passerelle. Bolan lui montra l'immense museau de l'Auto-Mag et le type s'immobilisa net, les mains en l'air.

C'était facile. Aucun des deux hommes ne possédait une arme. C'étaient des *métizos*, mexicains de nationalité mais d'origine indienne, et ils ne montrèrent aucune vélléité de contrarier les projets de Bolan.

— C'est vous le capitaine ? demanda Bolan au plus grand des deux.

— Si. Je suis le capitaine, fit l'homme en fixant le canon de l'Auto-Mag.

— Nous levons l'ancre, dit Bolan. Allez-y.

Les hommes d'équipage se jetèrent un coup d'œil incertain, puis commencèrent à ranger la passerelle, lever l'ancre et démarrer les diesels.

Martha Canada avait arrêté le in-board à une centaine de mètres du yacht.

Bolan monta sur le pont supérieur, regarda les commandes.

— Où allons-nous, *señor* ? demanda le capitaine mexicain.

— A l'eau, dit Bolan en lui lançant un gilet de sauvetage. Bonne chance, et emmenez l'autre avec vous.

Il n'y avait pas à se méprendre sur les intentions de Bolan. Le capitaine en parut soulagé. Il cria quelque chose à son compagnon en espagnol puis descendit sur le pont principal. Tous deux disparurent par-dessus bord quelques secondes plus tard.

Bolan les regarda nager vers le dinghy puis remonta dans le poste de pilotage du *Seaward*.

Quel beau bateau ! Bolan regrettait déjà le sort qu'il lui réservait.

Le yacht vibra doucement, commença à avancer sur l'eau, les commandes devenant maniables presque aussitôt. Il n'était pas conçu pour la vitesse, son maximum étant de huit à dix nœuds, mais il était extrêmement facile à manœuvrer.

Bolan le fit virer de bord, brancha le pilote automatique, mit les gaz à fond. Il attendit quelques instants pour voir si le pilote fonctionnait correctement, puis, satisfait, descendit du pont supérieur et plongea par-dessus bord.

Martha Canada le repêcha aussitôt.

— Mais qu'avez-vous fait ? s'écria-t-elle. Il n'y a plus personne à bord ! Le yacht va...

— Oui, gronda Bolan. C'est vraiment dommage.

Il avait tourné le *Seaward* vers la plage privée de Spielke. Le yacht se dirigeait droit vers l'homme qui l'aimait tant.

Pleins gaz, et personne à bord...

CHAPITRE VI

La grande villa de Spielke sur la colline qui surplombait la baie d'Acapulco, s'était transformée en forteresse.

Les deux Indiens qui se tenaient dans une jeep immobile près du portail, ne firent aucun geste pour arrêter la voiture de John Royal, mais ils disposaient d'un émetteur, et Royal vit l'un d'eux parler dans le micro lorsqu'il passa. Un comité de réception l'attendrait.

Mais ce fut une tout autre histoire lorsqu'il arriva devant le portail de l'enceinte intérieure. Les gardes qui s'y trouvaient fouillèrent sa voiture comme de vrais douaniers. L'un d'eux fouilla personnellement John Royal pour s'assurer que celui-ci ne portait pas d'arme, et la voiture ne put passer qu'après une longue inspection.

Une fois à l'intérieur, il vit une sorte de camp en armes. De tous côtés il y avait des Indiens et des Metizos, armés jusqu'aux dents, qui patrouillaient dans le parc en silence, le teint sombre, la mine sérieuse. Il y avait aussi quelques *criollos*, des Mexicains d'origine purement européenne, coiffés de chapeaux australiens, qui donnaient des ordres aux premiers.

C'était l'armée privée du Chef, dont tous les habitants d'Acapulco avaient entendu parler, mais que personne n'avait jamais vue. La seule fois où Royal avait été mis en présence de l'armée du Chef, était lors de la visite d'Augie Marinello et des autres capos new-yorkais. Il avait entendu dire que les troupes passaient la plupart du temps sur la Costa Chica près de la frontière d'Oaxaca. L'armée était composée de deux cents hommes, y compris les officiers. Ils disposaient de leur propre village et y vivaient avec femmes et enfants. Leur présence à Acapulco était suffisante pour souligner la nature extrêmement grave de la crise.

De nouveau John Royal dut se soumettre à une fouille et attendre qu'on ait méticuleusement vérifié son identité. Un des hommes de Too Bad était descendu dans le parking pour l'accompagner jusqu'à la villa.

L'intérieur de la villa était incroyable, d'un style indéfinissable que Royal avait baptisé Clinquant Tocard Espagnol. Construite en béton armé et recouverte de crépi rose, soutenue par des tonnes de poutrelles en acier, la gigantesque masse semblait accrochée au flanc de la colline, suspendue au-dessus de la mer.

Il y avait cinq mille mètres carrés de salons, salles de réception, chambres, cuisines, offices, etc. Il y avait trois niveaux différents, et les chambres au niveau supérieur possédaient toutes un patio. Au rez-de-chaussée un jardin intérieur en arc de cercle s'étendait depuis le centre du salon jusqu'à la terrasse, des fontaines coulaient joyeusement.

La terrasse elle-même était digne d'un décor imaginé par les dessinateurs d'un Walt Disney pour adultes. Il y avait un grand bar à ciel découvert et une piste de danse, des tables avec parasols qui ressemblaient à une terrasse de café méditerranéen, et une cohorte de garçons stylés pour servir. Il y avait une piscine dont les parois, qui surplombaient la mer, étaient en verre. Il y avait aussi un golf miniature et des courts de galets.

A présent la grande terrasse s'était transformée en QG.

Spielke et ses hommes s'étaient attablés près de la piscine, et de nombreux postes de téléphones étaient installés devant chaque individu, les fils tombant de la longue table comme des lianes grises.

Too Bad Paul était assis en face de Spielke,

et regardait avec morosité les pages de l'annuaire où se trouvaient les numéros de téléphone de tous les hôtels d'Acapulco.

— C'est atroce, murmura-t-il au moment où John Royal arrivait près d'eux. Il y a trente-cinq pages de numéros juste pour Acapulco. Je ne compte pas les hôtels qui sont en dehors des limites de la ville.

— Vérifie page par page, Too Bad. Arrache-en quelques-unes, donne-les aux autres.

— Mais il y a plus de deux cents hôtels, monsieur !

— Je m'en fous ! Même s'il y en a deux mille ! Ce type est à Acapulco, et il faut le trouver. Sinon c'est lui qui va venir nous rendre visite, et l'idée ne m'est pas très agréable.

— Ça ne doit pas être si difficile que ça, lança un autre lieutenant. Je parie n'importe quoi que c'est un type qui travaille tout seul, ce qui réduit nos efforts de recherche. On n'a qu'à demander s'il y a des Américains célibataires dans chaque hôtel. Une fois qu'on aura la liste, on commencera...

— Et s'il a loué un appartement ? interrompit Too Bad Paul d'une voix grondante.

Spielke leva les yeux puis répondit :

— Appelle l'agence *Playasol*. Ce sont eux qui s'occupent de presque tous les studios à louer.

— La liste s'allonge déjà, grommela Too Bad.

— Alors ne perds pas ton temps à geindre, dit Spielke d'une voix venimeuse.

Too Bad poussa un long soupir et se mit consciencieusement à arracher les pages de l'annuaire.

Personne n'avait fait attention à l'arrivée de John Royal. Pour s'annoncer il émit un rire nerveux qui sonna faux et lança :

— S'il y avait des murs, on se croirait chez des bookmakers à Chicago.

Le Chef ne daigna pas sourire.

— Qu'est-ce que tu veux, Johnny ? On est occupés.

— Je voulais savoir où se trouvaient mes filles.

— Ah oui ?

Too Bad gloussa discrètement.

Spielke fixa froidement l'acteur puis annonça :

— Je les ai envoyées à Tampico.

John Royal gémit doucement.

— Mais elles avaient de la classe, Max.

— Mon cul, dit Spielke d'une voix pesante. Fous-le-camp, Johnny. Rentre chez toi et restes-y.

— Mais je ne suis pas rassuré là-bas, Max.

Tu m'avais dit que tu allais m'envoyer des gens pour remplacer Jorge et Enrico.

— J'ai changé d'avis, grogna Spielke. C'est inutile, Johnny. Si le tueur avait eu envie de te faire du mal, il t'aurait supprimé en même temps que Cassiopea. Rentre chez toi, et n'en bouge pas.

John Royal prit son courage à deux mains et se lança.

— C'est aussi pour ça que je suis venu te voir, Max. Ça n'a pas de sens que je reste ici, vu ce qui se passe. Tu ne pourras plus te servir de ma maison avant que cette histoire ne soit réglée. J'ai pris une place sur le vol de 20 h. pour Los Angeles. Je me suis dit que...

— Tu as eu tort, rétorqua Spielke. J'ai annulé ta place il y a vingt minutes, Johnny. N'essaye pas de me refaire ce coup-là.

Déraisonnable, John Royal se fâcha subitement.

— Je vais et je viens comme je veux, Max ! s'écria-t-il. Ce n'est pas à toi de me dire ce que je peux faire ou non !

Un lourd silence plana sur la terrasse. Le visage de John Royal était rageur, mais dans son for intérieur, il savait qu'il avait exagéré. Il alluma bruyamment une cigarette, le briquet claquant sèchement, et murmura :

— Je suis désolé, Max. Mais je ne me sens pas à l'aise. Recevoir tes amis pour une discussion d'affaire est une chose, mais l'assassinat et la guerre en sont une autre. Je ne me suis pas engagé dans tes histoires pour ça.

Un téléphone sur la table se mit à sonner. Spielke regarda l'appareil, fit signe au lieutenant le plus proche.

John Royal se détendit un peu, ravi de l'interruption, tandis que le lieutenant prenait l'écouteur. Il gronda :

— *Por qué ?*

Puis il regarda Spielke et ajouta :

— C'est Tony. Il dit que le type de la marina *del mar* croit avoir vu Martha Canada. Elle est partie sur un bateau avec un homme qui s'appelle Franklin. Ils se dirigeaient vers le sud il y a quelques minutes.

— Dis à Tony d'envoyer un hélicoptère. Si c'est elle, je veux qu'on la ramène, et je me fous de la manière dont ils s'y prennent,

Le lieutenant transmit le message à Tony puis raccrocha.

De nouveau ce fut le silence sur la terrasse.

Spielke commença à tapoter sur la table.

Les hommes autour de la table considéraient John Royal d'un regard amusé.

Et après ? se demanda Royal. Il avait déjà

tout gâché. Autant aller jusqu'au bout. Il s'éclaircit la voix.

— Laisse la femme tranquille, Max. Elle ne sait rien du tout. Tu as fait disparaître les corps. Il ne reste aucune trace de ce qui s'est passé. Qu'est-ce que tu espères ? L'absolution ?

Spielke s'arrêta de tapoter. D'une voix basse il dit :

— Tu n'es qu'une merde. Tu le sais ? Qui t'a fait croire que tu t'es engagé dans quoi que ce soit ? Tous les gens de Hollywood sont les mêmes, des merdes, rien d'autre. Si vous n'aviez pas d'agents ou de managers vous seriez incapables de mettre un pied devant l'autre. Vous seriez dans l'égout. Vous n'avez ni tête, ni ventre, ni jambes. Les hommes comme les femmes. Vous croyez qu'un joli sourire et une démarche de con vous rendent importants ? Parce qu'on vous a appris à ânonner des conneries vous vous prenez pour des dieux.

« J'ai fait signe et tu es arrivé en rampant, comme les copains, et pour la même raison. Tu n'as ni tête, ni ventre, ni jambes. Tu es une merde, et même dans une ville de merdes, on ne veux plus d'une vieille merde comme toi. Je devrais tirer la chasse et me débarrasser de toi. Mais essaye de comprendre une chose une fois pour toutes. Tu vas et tu viens quand je te le dis, où je te le dis. Tu restes là à ne plus bouger comme une bonne merde bien gentille quand je t'en donne l'ordre. Est-ce que je me suis fait bien comprendre, Johnny ?

— Bien sûr, dit doucement John Royal. Je t'avais déjà dit que j'étais désolé de m'être emporté, Max.

Un des hommes de Spielke émit un petit rire méprisant.

— Vos gueules ! fit Spielke. Vous avez du travail à faire !

John Royal marcha lentement jusqu'au rebord de la terrasse pour contempler la mer et se recueillir.

Spielke appela son nom. Royal se retourna, s'efforça de sourire.

— Oui, Max ?

— Si ça peut te rassurer tu as encore le temps d'aller embrasser tes copines avant le départ, dit doucement Spielke. Elles s'envolent à dix-huit heures sur la navette de Tampico. Pour l'instant elles se trouvent à l'hôtel *Tres Vidas*, où je leur offre un gueuleton. Maintenant que j'y pense, je tiens à ce que tu y ailles. Deux *amici* arrivent sur la navette, tu les prendras en main.

— Très bien, fit Royal. J'irai.

— Tu as encore le temps. Prends un verre avant de t'en aller.

John Royal acquiesça mais se retourna de nouveau vers la mer parce qu'il n'arrivait plus à sourire avec suffisamment d'amabilité.

Max était très fort quand il s'agissait d'humilier quelqu'un. D'abord les insultes devant tout le monde, et ensuite quelques mots gentils.

Le pire était que c'était vrai. Il n'avait dit que la vérité.

John Royal fixa le yacht *Seaward* d'un regard distrait, préoccupé par ses pensées. Le yacht se déplaçait.

Il se tourna vers Spielke et demanda, juste pour dire quelque chose, n'importe quoi pour effacer sa honte récente :

— Où va *Seaward,* Max ?

— Nulle part jusqu'à ma mort, fit Spielke sans lever les yeux. Dieu sait que je n'ai jamais le temps d'en profiter...

— Le *Seaward* a quitté son mouillage, Max.

Spielke se leva d'un bond, traversa la terrasse en bondissant. Il s'accrocha à la rambarde, les doigts crispés. John Royal eut l'impression qu'il allait se lancer dans le vide.

— Qu'est-ce qu'ils foutent, ces cons ? hurla Spielke.

— On dirait qu'ils le ramènent au quai, observa Royal.

Spielke courut jusqu'au téléscope, y colla l'œil.

— Non ! s'écria-t-il. Il n'y a personne à la barre ! Il est sur pilote automatique !

Il se tourna vers les hommes qui se levaient de la table.

— Too Bad ! Angelo ! *Seaward* fonce sur le ponton ! Descendez le retenir !

Les secondes suivantes ressemblèrent aux images changeantes et superposées d'un kaléidoscope.

John Royal eut brièvement l'impression d'un réalisateur qui se trouve sur un plateau extravagant, lorsque des millions de dollars ont été mis à la disposition du tournage d'une seule séquence. Il avait envie de crier : « Moteur ! »

Seaward s'approchait de plus en plus vite du quai. Too Bad et ses acolytes couraient à en perdre haleine, inutiles et ridicules.

Tandis que Spielke se tenait rigide près du parapet en frappant la balustrade de ses poings fermés, ses hommes couraient, éperdus, impuissants. Il fixait le bateau avec fascination, comme hypnotisé.

Derrière le yacht un in-board effectuait un demi-tour brutal, fonçait vers le large, suivi par un hélicoptère qui se trouvait cinq cents mètres derrière lui.

Too Bad bondit du haut des dix dernières marches sur le quai, ses hommes le suivant de près.

— Ils n'arriveront jamais à temps, Max, observa tranquillement John Royal,

— Mais si ! Il le faut !

On ne fait pas du cinéma ici, Max, pensa John Royal. Ce n'est pas une obligation d'arriver à temps.

John Royal savait que les hommes de Max n'arriveraient pas à temps, et Spielke devait le savoir aussi.

Avec trois hommes à bord, le cabin-cruiser s'éloigna du quai, esquiva à peine le *Seaward* qui était lancé à pleine vitesse. Le yacht atteignit le quai.

Comme au ralenti, il fonça à travers le ponton qui céda aussitôt sous la masse de la coque, expédiant tous ceux qui se trouvaient là de part et d'autre du quai.

Le cabin-cruiser aussi fut touché, et commença à s'abîmer. Les trois hommes qui se trouvaient à bord, sautèrent à l'eau parmi les débris, essayèrent de regagner la plage ou les rochers à la nage en évitant de se laisser entraîner sous l'eau près des hélices du yacht.

John Royal entendit Spielke gémir. Le yacht

venait de franchir le petit quai et commençait à monter sur la terre ferme, broyant les rochers de la plage au passage avec un bruit strident et infernal.

Juste avant que le yacht ne s'immobilise, Royal crut entendre au loin une rafale de mitraillette.

Il regarda au large et vit l'hélicoptère qui revenait, volant curieusement, comme s'il tombait, mais la vision fut fugitive, il avait d'autres préoccupations en tête, il n'y repensa que plus tard.

Le *Seaward* s'était enfin arrêté sur les rochers, le flanc déchiqueté, les diesels hurlant inutilement, essayant de le pousser encore plus loin.

— Je suis désolé, Max, dit Royal.

John Royal était désolé, c'était vrai, mais pas pour Spielke.

Celui-ci avait le visage défait, se tenait raide comme un piquet.

— Je ne comprends pas, murmura-t-il d'une petite voix incrédule. Comment est-ce que ça a pu arriver ?

Royal n'en savait rien, mais il était sûr que celui qui était responsable de l'accident, n'était pas une merde.

Il se détourna, traversa le jardin du parc, passa à travers la villa et reprit sa voiture.

Puis il commença à rire.

Il gloussa de joie jusqu'à chez lui, puis se dirigea droit sur le bar, saisit une bouteille de scotch qu'il emmena sur la plage, et porta un toast chaleureux à celui qui avait provoqué le naufrage du *Seaward*, à celui qui avait humilié Max le Chef.

CHAPITRE VII

Bolan n'avait pas eu le loisir d'observer ce qui se passait près du rivage, le nez dans l'eau de mer. A peine se hissait-il hors de l'eau pour grimper dans l'in-board, qu'il remarquait l'hélicoptère.

L'in-board était le seul petit bateau dans cette partie de la baie, et l'hélicoptère filait droit dessus. C'était peut-être pure coïncidence, mais il ne pouvait pas en être sûr. Il lui fallait s'en assurer au plus vite.

— Pleins gaz ! hurla-t-il à la jeune femme. et ne perdez pas cet hélicoptère de vue !

L'in-board bondit en avant, la proue dressée contre le vent et les vagues, vira à l'ouest. Bolan jeta enfin un coup d'œil sur le *Seaward* qui s'approchait du rivage sans dévier d'un centimètre de son cours.

Il se rendit à l'avant, saisit une paire de jumelles et fixa l'appareil. C'était un petit engin, une bulle de plexiglass, avec trois hommes à bord. Ils avaient changé de direction, perdu de l'altitude, et fonçaient pour intercepter l'in-board. Tandis que Bolan regardait, une vitre à glissière fut repoussée et il vit apparaître l'extrémité du canon d'une carabine munie d'un silencieux.

— Ne coupez pas les gaz, mais essayez de ne pas nous faire tanguer ! cria Bolan à la jeune femme, Il va falloir jouer serré !

La jeune femme acquiesça, regarda brièvement l'hélicoptère avec des yeux inquiets.

Bolan, accroupi à l'avant, prit le petit Uzi qu'il arma, puis il le dissimula derrière sa cuisse.

L'hélicoptère vira brusquement à cinquante mètres devant eux, puis s'immobilisa en l'air. Les trois hommes dans la bulle examinaient le petit bateau et, apparemment, ils ne virent que la jeune femme, et ne prirent pas d'autres précautions. L'un des hommes leva un porte-voix électrique.

— Arrêtez le bateau, miss Canada. C'est extrêmement urgent, arrêtez s'il vous plaît.

Martha Canada jeta un coup d'œil sur Bolan en regardant par-dessus son épaule. Le bruit assourdissant du choc des pales de l'hélicoptère et celui du moteur de l'in-board leur interdisait de communiquer verbalement. C'était également difficile de se faire des signes parce que la brise et la vitesse soulevaient des vapeurs d'eau qui les aveuglaient. Mais Bolan secoua la tête en la regardant et lui fit signe de virer de bord brusquement.

Elle obéit aussitôt, et l'in-board passa directement sous la bulle de l'hélicoptère, décrivit une courbe étroite, repartit vers l'est, vers le rivage sur lequel le *Seaward* fonçait inexorablement.

Le yacht était presqu'arrivé à destination, et Bolan parvint à voir la réaction paniquée de ceux qui se trouvaient sur la falaise. Plusieurs hommes dégringolaient l'escalier qui menait sur le quai. Bolan haussa les épaules, revint au problème immédiat que lui posait l'hélicoptère.

L'appareil qui avait aussi viré de bord, se préparait à leur couper encore une fois la route, mais cette fois-ci la menace n'était pas cachée. L'homme à la carabine s'était agenouillé près de la baie latérale qui était ouverte. La carabine était semi-automatique. De petits jets d'eau se mirent à jaillir des vagues à intervalles réguliers, s'approchant inexorablement de la coque du l'in-board.

— Coupez les gaz ! hurla Bolan.

L'in-board encaissa deux balles à cet instant. Martha Canada l'avait entendu et réagit aussitôt. A l'inverse d'une voiture qui continue à rouler, ou d'un avion qui continue à planer, un bateau s'arrête presqu'immédiatement lorsqu'on coupe toute accélération, la proue pique du nez, et l'eau se charge de ralentir la masse envahissante.

Bolan s'était préparé et s'était calé pour ne pas perdre son équilibre pendant le ralentissement, le petit Uzi braqué vers le ciel. L'hélicoptère les survola rapidement à une altitude idéale pour Bolan.

La première rafale cribla le rotor arrière, l'arracha. L'hélicoptère ayant perdu sa force motrice de stabilisation, se mit à tournoyer sous les pales de la grande hélice, tangua follement devant l'in-board. L'homme à la carabine perdit son équilibre et tomba dans l'eau par la baie ouverte tandis que le pilote se débattait en vain avec les contrôles,

La seconde rafale transperça la bulle de plexiglass et mit fin au combat. L'appareil s'abîma sur le flanc entre deux vagues houleuses, rebondit lourdement puis disparut de la surface en quelques secondes.

Martha Canada poussa un petit cri d'effroi puis s'affaissa contre la barre.

— On prend l'eau, lui dit Bolan. On va y aller, mais doucement.

— Est-ce qu'on ne devrait pas voir... s'il y a

des survivants ? fit-elle d'une petite voix qui s'étranglait au fond de sa gorge.

— Il n'y a pas de survivants, fit Bolan d'une voix froide.

Il entendit quelque chose près du rivage qui lui fit tourner la tête. Le *Seaward* venait de fracasser le ponton et commençait à grimper sur le quai puis sur les rochers.

— C'est horrible, lui dit la jeune femme. Absolument horrible. Comment avez-vous pu ?

Bolan ne savait pas exactement de quoi elle parlait, mais cela n'avait pas une grande importance. Il recherchait uniquement l'efficacité, pas l'approbation générale. Il ne s'attendait même pas à un peu de gratitude, et pourtant...

— Vous prenez la barre ou pas ? demanda Bolan.

— Certainement pas, fit-elle.

Il prit sa place, mit le moteur en marche. La moitié des effectifs de la base navale se trouverait sur place en quelques minutes. Moins encore si on avait entendu des coups de feu. De plus l'in-board prenait l'eau à une rapidité inquiétante.

— Cherchez un bon endroit pour accoster, dit Bolan. Vous savez nager, au moins ?

— Oui, assez bien.

Bolan espérait qu'elle ne se vantait pas. Il

avait gagné une bataille, mais il avait perdu un bateau.

Il espérait aussi ne pas perdre davantage.

***

John Royal était paresseusement allongé sur le sable de la plage devant sa villa, portant des toasts successifs à l'auteur de la catastrophe du *Seaward*, et regardant le chaos qui régnait dans la baie d'un œil amusé et cynique. Il lui semblait que tous les bateaux à Acapulco, petits et grands, convergeaient sur la plage de la villa suspendue de Spielke. Ce n'était pas tous les jours que les badauds pouvaient apprécier à loisir un désastre marin. Tôt ou tard les bateaux d'excursion arriveraient sur place, bondés de touristes avides d'émotions.

Le ferry de Catena-Puerto Marques était déjà là, immobile, entouré de yachts et de cabin-cruisers.

John Royal s'esclaffa en pensant au visage rageur et éberlué de Spielke qui devait regarder d'un sale œil les badauds qui s'accumulaient sous sa villa dans une atmosphère de kermesse.

C'est une joie bien méritée, se dit-il.

A cet instant il remarqua deux nageurs qui se trouvaient à une centaine de mètres de sa plage, et qui se dirigeaient lentement vers la petite jetée privée qu'il avait fait construire.

Ce n'était pas anormal ni inhabituel de voir arriver des baigneurs. Théoriquement les plages appartenaient à tous au Mexique. C'était leur éloignement de la plage qui était bizarre, d'autant plus curieux qu'ils semblaient arriver d'encore plus loin, bien plus loin. Ils peinaient visiblement.

John Royal laissa choir la bouteille de scotch, courut jusqu'au bout de la jetée. Il n'avait pas l'intention de jouer les héros ni les maîtres-sauveteurs, mais il pouvait néanmoins leur lancer une bouée de sauvetage.

Mais il s'aperçut ensuite que les deux personnes ne peinaient pas autant qu'il l'avait cru. C'étaient un homme et une femme, et ils se servaient de matelas pneumatiques ou des coussins flottants d'un bateau, d'un...

Il se souvint d'un hélicoptère qui volait à un angle étrange, d'un bateau en dessous, et de coups de feu d'une mitraillette.

Il se sentait un poids sur l'estomac. Il tourna le dos aux nageurs, remonta sur la plage, prit la bouteille, se dirigea vers la terrasse de sa villa et s'installa dans le patio près de la piscine et but une longue goulée de Scotch. Puis il soupira, se leva, entra dans le salon, prit un automatique, mit un chargeur, et ressortit.

Ils montèrent les marches quelques minutes plus tard. La femme était blonde et superbe, mais visiblement épuisée. Elle chancelait en marchant.

L'homme était incroyable, bâti dans le roc comme un athlète, une belle gueule mais des yeux comme un iceberg. Lui aussi paraissait essoufflé, mais il marchait droit sans aucun effort.

Des vêtements trempés lui collaient au corps, et il portait sur la hanche droite le plus gros pistolet que John Royal ait jamais vu de sa vie. Un gros engin argenté et luisant qui ruisselait d'eau de mer.

John Royal sortit à découvert et leur montra son pistolet.

La femme fut subitement projetée de côté tandis que le grand type plongeait dans l'autre sens, dégainant simultanément son pistolet, le braquant sur Royal avant même d'avoir atterri. Il aurait pu tirer sans hésiter, mais ne l'avait pas fait. Tout s'était déroulé si rapidement que Royal était resté planté sur place, la bouche ouverte, la main immobile, le doigt collé à la détente.

Ils se fixèrent par-dessus le canon de leur arme puis John Royal s'entendit dire :

— Ça va, vous êtes le bienvenu.

— Lâchez votre arme, lui dit le grand type d'une voix glaciale.

John Royal laissa tomber le petit 25 automatique sur une chaise longue et dit :

— Je sais qui vous êtes. Vous ne risquez rien ici pour le moment.

L'autre n'avait toujours pas baissé son arme.

— Qui y a-t-il ici ?

— Juste moi.

— Pas de domestiques ?

John Royal secoua la tête, parvint à sourire.

— Non. J'avais l'intention de quitter la ville.

— Occupez-vous de la dame, lui dit la voix de glace.

L'homme entra dans la villa. Evidemment il allait voir si c'était vrai.

John Royal s'approcha de la jeune femme qui était allongée sur le côté, haletante, trop épuisée pour bouger d'elle-même.

Il se baissa, la ramassa dans ses bras et la porta jusqu'à une chaise longue.

— Je vois qui vous êtes aussi, dit-il. Ne bougez pas, je vais vous chercher un verre de tequila.

Elle s'agrippa à lui, ignorant l'offre d'alcool, parvint à murmurer d'une voix à peine audible :

— Mr. Royal ! Cet homme... vous savez qui il est ? C'est Mack Bolan !

— Je sais, je sais, fit Royal d'une voix rassurante.

Il l'obligea à s'allonger.

— Mais il savait que c'était chez vous ! Il est venu ici exprès !

— Ce n'est pas chez moi, dit doucement John Royal. Et Mack Bolan ne peut rien contre moi, surtout pas me tuer. Restez tranquille et ne bougez pas. Je vais chercher quelque chose pour vous réchauffer.

Mais il s'arrêta net en voyant réapparaître Bolan.

— Royal !

— Oui ?

— Je m'appelle Mak Bolan.

— Oui, j'avais deviné.

Bolan regarda longuement John Royal puis rangea son arme et dit :

— J'ai besoin de votre aide.

— Vous l'avez, dit aussitôt John Royal.

Avec cette simple phrase il venait de renaître.

CHAPITRE VIII

Bourrée de tranquillisants, Martha Canada dormait dans le grand lit de la chambre d'amis de la villa de John Royal. Bolan et Royal se trouvaient sur la terrasse et profitaient des derniers rayons du soleil couchant. Les vêtements de Bolan séchaient lentement. Il buvait du café et dévorait des sandwichs.

— Elle ne m'aime pas beaucoup, dit Bolan à son hôte. Il faut avouer que ça ne me plaît pas beaucoup de l'avoir sur le dos, non plus. Je voudrais qu'elle reste ici jusqu'à la fin de ce cauchemar. Ça ne sera pas long.

— Ce n'est sûrement pas ici qu'ils viendraient la chercher, fit Royal. Mais je peux vous aider plus que ça, non ?

— Vous croyez ?

— Oui. Je n'ignore presque rien de ce qui

se passe à Acapulco. Ils me prennent pour l'idiot du village, ils parlent devant moi et pensent que je ne comprends pas. Je ne suis pas un idiot, Bolan.

— Je sais, dit sincèrement Bolan.

Ce maigre compliment stimula Royal, lui donna envie de rendre la pareille à Bolan. Il tritura sa cigarette.

— Je ne crois pas qu'elle ne vous aime pas. Je crois qu'elle est épuisée, nerveusement épuisée.

— L'après-midi n'a pas été de tout repos, avoua Bolan.

— Elle n'a presque rien à voir avec eux, vous savez.

— Non, je ne sais pas.

— Mais si. Ils se servent de tout le monde, dès qu'ils le peuvent. Moi j'en sais quelque chose. Je suis entré dans la gueule du loup les yeux grands ouverts. J'étais fauché, terminé.

Il baissa les yeux et reprit :

— Les gens du show-business... comme moi, ont besoin de se sentir aimés. Pas aimé de quelqu'un, mais aimé en général et par tout le monde. Une fois qu'on a été adulé, c'est rudement difficile de s'en passer. C'est dur de retomber dans l'anonymat, et le milieu est très réconfortant pour des gens comme moi. Mais vous voyez, moi je savais ce que je faisais. Elle ne comprenait pas ce qui lui arrivait, elle ne comprend toujours pas...

John Royal secoua tristement la tête et tira une longue bouffée de sa cigarette.

— C'est vrai, les filles ne voient pas grand-chose. Oh, elles voient le fric, le luxe, le côté excitant, mais elles ne voient jamais la merde, les coups durs. Si elles voient quelque chose, elles ne comprennent pas ce que c'est.

— Comment se servaient-ils de Martha Canada ?

— Pas eux, *lui*. Cassiopea était un peu bizarre pour un truand. Vous ne le saviez pas ?

— Quoi ?

— Il était homosexuel.

— Non, je ne le savais pas. Quelle importance ?

John Royal haussa les épaules.

— Ça concerne la jeune femme. C'était une folle refoulée. Il n'avait qu'une seule peur, c'est que ses chefs apprennent ce qu'il était. Il avait peur de la dérision, ou pire. Il était très discret. On ne l'aurait jamais cru à le regarder, hein ? Moi je l'ai su parce qu'il m'a demandé de lui fournir des amis.

— Mais pourquoi vous a-t-il demandé ça ?

John Royal s'esclaffa doucement.

— Je suppose qu'on pourrait m'appeler une mère maquerelle, si on aime les étiquettes. Ce que je fais n'est pas tellement différent. Cass ne pouvait pas se payer le luxe d'aller draguer dans la rue ou dans les boîtes. Il voulait que je lui présente des jolis garçons. On en a plein à Hollywood, et dans le métier plus particulièrement.

Bolan haussa les épaules.

— Les goûts et les couleurs ! dit-il. Et Martha ?

— Elle lui servait d'alibi, rien d'autre.

— Il ne s'en servait pas pour recruter les filles ni les placer ?

— Surtout pas pour les placer. Cette partie des affaires ne concernait pas Cass. Quant au recrutement, je ne pense pas. Elle était avec lui bien avant qu'il soit nommé recruteur.

— Vous ne l'aviez jamais rencontrée avant aujourd'hui ?

— Non. Il nous l'avait montrée de temps en temps. Mais elle ne savait rien, et je crois qu'il préférait ça. Il voulait qu'elle soit belle, nette et propre.

— Je comprends, fit Bolan.

— Et puis je ne suis pas vraiment un procureur, Bolan.

— Vous êtes quoi ?

— Comme elle, un marbre. Pas davantage. Je ne suis pas aussi joli qu'elle, mais j'ai un nom qui est encore prestigieux. Ça sert à cacher pas mal de merde.

Il sourit.

— En plus j'avais une réputation d'homme à femmes. Les choses se sont accumulées naturellement. Sans m'en rendre compte je suis devenu tenancier dans le grand bordel qui s'appelle Acapulco et qui est devenu un gigantesque point de transit. Mais les filles qui viennent ici ne sortent pas dans la rue. Je les mets en présence des « clients », je fais des présentations. Je n'ai jamais vu un dollar changer de mains, et je ne pense pas que les filles en aient vu, non plus. Mais elles vivent dans le luxe, s'amusent bien et ne s'en plaignent pas.

— Pas tout de suite, dit doucement Bolan.

— Oui, pas tant que dure leur beauté. Mais, enfin, c'est comme partout ailleurs. C'est le même cas à Hollywood. Franchement ce que je faisais n'a rien à voir avec la traite des blanches.

— Il y a des exceptions, remarqua Bolan.

— Pas trop souvent, mais c'est en effet ce qui me gêne. Je fais parfois des cauchemars en pensant aux exceptions. Tant que les filles ne rechignent pas, elles n'ont rien à craindre, tout va pour le mieux.

— Sinon ?

— Tampico, soupira John Royal.

— C'est quoi Tampico ? demanda Bolan qui le savait déjà.

— C'est Tanger à la mode américaine.

— Je vois.

— Elles s'en sortent mal, Bolan.

— Ça me paraît assez normal.

— Il y en a six qui s'en vont ce soir.

— Comment ?

— En avion particulier. Un Lear Jet qui fait la navette tous les jours à dix-huit heures. Arrivé ici il fait demi-tour et repart aussi sec à Tampico.

— Une navette.

— Oui. C'est une partie de l'organisation. Je ne sais pas s'il y a d'autres arrêts, mais il y a deux gros pontes qui arrivent sur le vol de dix-huit heures.

— Vous me dites ça avec une idée en tête ?

— Oui.

— Laquelle ?

L'acteur respira à fond puis relâcha son souffle en un long soupir.

— J'aimerais tirer ces filles de là. Ça devrait vous dire quelque chose aussi. Après tout, c'est votre faute si elles sont là.

— Je vois. Le résultat d'un après-midi pas comme les autres.

— Exactement. Max est un homme méticuleux, fit John Royal en riant brièvement. C'est bizarre, mais Max ne respecte rien au monde, pas plus la vie humaine qu'un idéal ou une certaine idée qu'on peut se faire du bonheur. Mais je l'ai vu pleurer à chaudes larmes quand son yacht s'est écrasé sur les rochers. Vous imaginez ça ? Il a pleuré pour son yacht.

— J'imagine, dit Bolan. J'ai même vu un homme pleurer son âme, une fois.

— Qu'est-ce que vous voulez dire ?

— Cherchez bien.

— Disons que dans mon cas, c'est déjà fait.

John Royal fixa longuement sa montre,

— Il est presque dix-sept heures trente, Bolan.

— En effet.

— Venez-vous à l'aéroport avec moi ?

— Oui. Mais avant je dois téléphoner.

— Je vous en prie, dit Royal en regardant machinalement l'appareil.

Bolan composa un numéro sans consulter son carnet. On répondit aussitôt et une voix annonça en espagnol :

— *Casa Spielke.*

— Passez-moi Mr. Spielke, s'il vous plaît. C'est Mack Bolan à l'appareil.

— *Momento.*

Une autre voix se fit entendre aussitôt, une voix dure et déplaisante :

— Qui est à l'appareil ?

— Mack Bolan. Je ne vais pas passer la soirée à attendre. Dites à Spielke de se ramener.

— Si c'est une plaisanterie....

— Ce n'est pas une plaisanterie, allez le chercher.

John Royal avait les yeux exorbités.

— Je n'ai jamais vu un culot pareil, chuchota-t-il.

Bolan lui fit signe de se taire et entendit qu'on lui passait un autre poste.

— Spielke à l'appareil.

— Je vous ai envoyé le yacht, vous l'avez bien reçu ?

— Espèce de fumier ! grinça froidement une voix rageuse. Qu'est-ce que vous espériez prouver en faisant une pareille connerie ?

— Que je pouvais le faire. Vous êtes croyant, Spielke ?

— On pourrait en discuter face à face, Bolan.

— Vous en aurez l'occasion un peu plus tard. Je ne vous ai pas appelé pour que nous nous narguions. Je vais vous faire un cadeau.

— Quoi ?

— Je vous ai déjà fait cadeau d'un yacht, mais ce n'est pas assez. Je me sens généreux. J'ai envie de vous offrir une villa.

Il y eut un long silence pendant lequel Spielke réfléchissait.

— Qu'est-ce que vous voulez dire, au juste ?

— A l'heure actuelle la plus prestigieuse villa de la côte est prête à sauter. Pour un certain prix, je pourrais la désarmorcer,

— Vous êtes fou !

— Peut-être, mais je me débrouille assez bien avec quelques fils et un peu de plastic. Je vous ai demandé si vous étiez croyant. Vous allez bientôt recevoir un don du ciel.

— Je ne comprends pas. Vous êtes cinglé !

— On verra. En tout cas, le cadeau vous parviendra d'ici une heure. Vous ne bougez pas de chez vous, j'espère.

— Attendez ! Attendez un instant !

— Non, nous perdons du temps tous les deux. Je vois bien que vous ne me croyez pas encore, mais attendez une heure, on en reparlera.

Bolan raccrocha puis se leva.

— Allons à l'aéroport maintenant, dit-il à John Royal.

— Dites, c'était à propos de quoi tout ça ? J'aurais bien aimé voir sa tête. Que vouliez-vous dire ?

Bolan sourit.

— Je lui ai envoyé son yacht.

— Et alors ?

— Je vais lui envoyer son avion.

— Quoi ! s'écria Royal. Mais vous plaisantez !

— Je ne plaisante jamais avec ce genre de choses, dit Bolan avec le plus grand sérieux.

John Royal le crut sur parole.

CHAPITRE IX

Mack Bolan avait horreur de faire des coups pour épater la galerie. Il préférait faire la guerre avec précision, mener un combat de soldat et attaquer l'ennemi dans les règles. Mais parfois la situation exigeait qu'on fasse un peu de diversion.

C'était le cas à Acapulco où il n'y avait pas de véritable organisation criminelle. Il n'y avait qu'un homme extrêmement riche qui détenait tous les pouvoirs, criminels et autres, et qui avait soumis tous les hauts fonctionnaires qui exerçaient une réelle importance sur le plan local ou national. Il n'y avait qu'un homme — Maximilien Spielke — et une idée — la *Nueva Cosa Nostra.* Spielke était un homme difficile à abattre parce qu'il s'était fait naturaliser et parce qu'il était respecté au Mexique où il s'était parfaitement intégré à la communauté et où il avait apporté de gros capitaux à l'industrie. Son idée était d'établir un réseau privé à travers le monde pour exercer le pouvoir absolu.

En premier lieu, il avait fait d'Acapulco le centre de ralliement d'une armée secrète de call-girls, des Mata Hari qui devaient infiltrer tous les milieux politiques du monde occidental, ainsi que les milieux du grand commerce et de l'industrie. Pour la plupart, les filles ignoraient totalement ce qu'elles faisaient. Lorsqu'elles s'en rendaient compte, il était trop tard.

Ensuite il y avait le trafic de stupéfiants. C'était un marché en pleine croissance malgré les efforts d'un grand nombre de pays pour l'annihiler. Ce qui se passait aux Etats-Unis et dans la plupart des pays occidentaux, ressemblait à ce qui s'était passé pendant la Prohibition. Les drogués voulaient à tout prix obtenir leur camelote, et les différents gouvernements en étaient arrivés au point où ils se demandaient s'ils arriveraient jamais à contrôler la situation, et s'il ne fallait pas lâcher un peu de lest.

Grand nombre d'Etats étaient en voie de légaliser la marijuana. Logiquement, la démarche suivante consisterait à légaliser la drogue dure, ne serait-ce que pour démanteler les réseaux clandestins des trafiquants.

Mais la fin de la Prohibition n'avait pas sonné le glas des organisations criminelles qui s'en étaient servies pour s'enrichir. Bien au contraire, elles s'étaient immiscées dans le commerce et l'industrie, et avaient réussi par-dessus le marché à légaliser leurs gains illicites.

Bolan ne savait pas exactement quelles étaient les intentions de ceux qui devaient fonder la nouvelle Mafia, concernant les stupéfiants, mais il s'attendait à les voir monter une combine internationale dans le style OPEP.

Il avait également entendu dire qu'Acapulco était devenu le premier port exportateur d'héroïne, mais il n'en avait pas la preuve.

Dans l'ensemble il n'y avait pas d'organisation à attaquer, il n'y avait qu'un homme à supprimer, mais de telle sorte qu'aucun autre ne puisse reprendre sa place.

Ils roulaient vers l'aéroport. Bolan demanda à John Royal :

— La villa est bien gardée, non?

— Incroyablement, répondit Royal. Spielke a fait venir son armée personnelle de Costa Chica. C'est un véritable fortin.

— Oui, j'ai fait une reconnaissance. Mais sont-ils efficaces?

Royal haussa les épaules.

— Je sais seulement ce que j'entends. Je ne les ai vus qu'une seule fois. Ils ont l'air efficaces, et on m'a dit qu'ils étaient terrifiants. Un armement moderne et une discipline à toute épreuve. J'ai entendu Max dire qu'il pourrait soumettre certains pays avec son armée. Il se vantait peut-être, mais Max n'est pas un vantard. Je vais vous dire, il est mauvais, ce type. Il sait toujours exactement ce qu'il fait, et personnellement il me terrorise. Il me laisse tranquille, je crois, parce qu'il m'aime bien, ou parce qu'il aime bien que je sois à sa disposition. Mais il est mauvais comme la gale.

Royal poussa un soupir et jeta un coup d'œil sur Bolan.

— Il ne sera pas facile à supprimer. Je ne sais pas ce que vous avez l'intention de faire mais...

— Un petit coup par-ci par-là ne servira à rien, dit Bolan.

— Je n'essaye pas de vous dire comment...

— Ne vous en faites pas pour ça, dit Bolan. Vous avez risqué votre vie. Vous le savez et je le sais. Vous avez le droit de formuler des doutes et de me dire ce qui vous tracasse.

— Ma vie, fit Royal d'une voix ironique et amère.

— Je ne peux pas vous promettre ni vous assurer que je vais emporter le morceau. Je ne voudrais pas que vous ayez l'impression d'avoir changé de camp et d'être du côté fort...

— Dites, si c'est ce que vous pensez...

— Je n'ai pas dit ça, je n'ai pas dit que c'était ce que je pensais, mais je tiens à vous prévenir qu'il ne faut pas compter dessus. La plupart du temps je suis le moins fort, et c'est pour ça qu'on a l'impression que je prends de gros risques. J'en prends, c'est vrai, mais jamais pour la gloriole, seulement lorsqu'il le faut. Je tenais à ce que vous le sachiez. Parce que si vous me jouez un numéro, votre situation deviendra extrêmement précaire. Sinon, je vous protégerai du mieux que je pourrai, mais ça ne suffira peut-être pas. Je ne peux rien vous promettre.

— Je ne vous ai pas demandé de me faire des promesses, répondit Royal d'un ton vexé.

— D'accord, mais je voulais que les choses soient claires. Est-ce qu'il y a une installation de surveillance électronique dans la villa?

— Pas que je sache, fit pensivement l'acteur. Ils ont des talkie-walkies et des trucs comme ça et il y a des gens partout, mais si vous parlez d'yeux électroniques, de caméras et de micros, non, je ne crois pas. En tout cas, je peux vous faire un plan de toute la villa, pièce par pièce...

— Merci, j'en ai déjà un.

John Royal le regarda d'un air étonné.

— Vous êtes là depuis quand?

— Depuis un bout de temps, fit Bolan.

— Comment est-ce qu'on va s'y prendre à l'aéroport?

— Comme on pourra. Vous allez devoir me retrouver les filles, je m'occuperai de leur garde. Ramenez-les chez vous pour le moment. On trouvera un autre endroit plus tard.

— Mais vous ne reviendrez pas avec nous.

— Non, je vais monter dans l'avion.

— Oh, merde! Ça veut dire que...

— Que je vais lui envoyer son avion.

— D'accord. Mais comment?

Bolan s'esclaffa doucement.

— En indiquant le chemin au pilote. Il y a une règle élémentaire quand on va abattre quelqu'un, Royal. Il faut s'attaquer au point fort, pas au point faible.

— Ce qui veut dire..., fit John Royal avec un petit sourire d'incertitude.

— A vous de me le dire. Quel est le point fort de Max?

— Mais... la villa.

— Non, c'est son point faible. Ça peut attendre. Non, il faut que je supprime une idée. Celle qu'il se fait de lui-même et celle que les autres ont de lui.

— Bizarre, commenta John Royal.

*
* *

L'aéroport n'était pas impressionnant sur le plan architectural, mais très actif. Plusieurs lignes américaines, canadiennes et australiennes desservaient régulièrement Acapulco. Les compagnies intérieures mexicaines, Aero Mexico et Mexicana, desservaient Mexico, Puerto Vallarta, Guadalajara et d'autres villes encore. Les Américains fournissaient le plus grand nombre de passagers, mais il y avait tout de même une ambiance de tourisme international.

Le Lear Jet avec le sigle de la *Compania Maximillia* sur les flancs, roulait doucement vers les hangars réservés aux avions particuliers.

Bolan portait une chemise et une casquette à visière avec la mention Aero Acapulco. Cet ensemble lui avait coûté cinquante dollars et le technicien qui le lui avait vendu, lui avait également donné son casque anti-bruit. Bolan devait le remplacer pendant dix minutes. Il avait laissé l'Auto-Mag chez John Royal. Le petit 38 lui suffirait pour mener à bien un travail relativement simple.

Les filles de John Royal se trouvaient au pied de la rampe d'accès et attendaient gaiement l'arrivée du Lear Jet. Elles étaient toutes habillées d'une sorte d'uniforme et portaient un sac blanc en bandoulière.

Un grand Mexicain en costume blanc se tenait avec elles et portait un attaché-case à la main.

— Qui est le gros? demanda Bolan à son nouvel allié.

— Cabrillo, un courrier, répondit John Royal. Faites attention, il est toujours armé.

— Vous croyez que les filles se rendent compte de ce qu'il leur arrive?

— Non, pas du tout. Elles doivent croire qu'elles partent sur un coup amusant. Elles se trouvent à l'*Hôtel Tres Vidas* depuis la tuerie. Max leur a offert le grand luxe. Elles ne sauront rien jusqu'à ce qu'il soit trop tard, quand la porte se refermera derrière elles.

— Bon, c'est à vous de jouer, dit Bolan. Vous arriverez à les persuader de vous suivre ? Je veux que vous soyiez loin lorsque je monterai à bord. Et pas d'éclat.

— Je m'en charge, fit Royal.

— Bien, et moi je m'occuperai du courrier. A vous de jouer comme vous l'entendrez, mais il faut faire vite.

— Comptez sur moi, fit l'acteur.

Bolan lui serra amicalement la main, puis se dirigea vers le Lear Jet pour le guider jusqu'à la rampe de débarquement.

Il n'avait jamais eu à diriger un avion au sol, mais tout se passa bien, et il se demanda si les pilotes avaient réellement besoin d'un assistant technique pour garer leur appareil.

Il y avait deux hommes en uniforme dans le cockpit. Il leur fit signe de la main puis fit le tour de l'avion pour installer l'escalier mobile.

John Royal avait rejoint le groupe de filles. Cabrillo, le courrier, lui parlait avec véhémence, les mots rageurs jaillissant de ses lèvres comme les balles d'une mitraillette. Les filles se rapprochèrent des hommes.

Bolan s'approcha également, se faufila entre les filles, assomma le courrier d'un coup avec la crosse du revolver, et dit à Royal :

— Filez !

Le groupe partit d'un côté, Bolan de l'autre. Il montait les marches de la rampe lorsque la porte de l'avion s'ouvrit. Il sauta à l'intérieur, repoussa le steward effaré en le saisissant par la gorge.

— Ferme la porte, gronda-t-il. *No salida del avion ! Comprende !*

— Oui, je comprends, s'écria l'homme dans un anglais impeccable.

Le 38 que tenait Bolan n'avait d'ailleurs pas besoin d'interprète.

Les quatre hommes, deux gorilles et deux pontes, qui se trouvaient dans le petit salon de luxe comprirent tout aussi vite. Sans un mot, ils remirent de l'ordre dans leurs vêtements, récupérant, dans la mesure du possible, un peu de leur dignité.

Pendant quelques secondes tout fut immobile. Les deux gardes du corps voulurent en profiter et plongèrent la main dans l'échancrure de leur veston. Le petit 38 aboya deux fois au creux de la main de Bolan, et les deux héros s'affaissèrent sur l'épaisse moquette en éclaboussant les sièges de sang et de cervelle. Les deux autres se recroquevillèrent dans un coin en gémissant. Bolan leur prit leurs armes. Il fit signe au steward de s'installer dans un fauteuil et fit coucher les deux pontes sur la moquette, le nez dans la laine. La porte du cockpit s'entrouvrit, un visage ahuri apparut. Bolan repoussa le nouvel arrivant d'un revers de la main assez brutal, s'installa entre le cockpit et la cabine d'où il pouvait observer les deux parties de la carlingue.

— *Vamos, de prisa !* cracha-t-il en espagnol. Vous me comprenez, *capitan*?

— C'est un détournement ? demanda le pilote avec calme.

— Exactement. Décollez tout de suite, et ne faites pas l'imbécile en parlant à la tour de contrôle. *Yo comprendo español, capitan.*

Le capitaine avait la trentaine et parlait l'anglais comme un Californien. Il jeta un coup d'œil sur les déchets humains qui jonchaient la cabine à l'arrière.

— Vos désirs sont des ordres, monsieur.

Il brancha les turbines. Le co-pilote n'avait pas quitté son fauteuil. Il était un peu plus jeune que le pilote et ne parlait que l'espagnol. Il coiffa les écouteurs et commença à communiquer avec la tour.

Bolan ne comprenait pas si bien l'espagnol que ça, mais il connaissait suffisamment de mots pour se faire une idée d'une conversation simple.

Il entendit plusieurs fois le mot « terrorista », et crut comprendre qu'on parlait de détournement. Le co-pilote demanda plusieurs fois la permission de décoller, le ton urgent et inquiet.

La tour fit des difficultés.

— Dites-leur de dégager le terrain, fit Bolan. Nous décollons, *capitan.* Prenez la piste que vous voulez.

Le capitaine poussa un soupir, lâcha les freins, se mit à rouler vers une piste, tandis que le co-pilote informait la tour de la décision du « terroriste ».

Ils s'envolèrent quelques secondes plus tard. Le pilote était doué, calme et efficace. Il demanda :

— Où allons-nous, *amigo* ?

— A l'ouest.

— Je n'ai pas assez de carburant. Je peux vous emmener à Puerto Vallarta.

— J'ai dit à l'ouest... *Amigo.*

Le pilote s'efforça de garder son calme, mais jeta un coup d'œil sur son second.

— Il n'y a que l'océan à l'ouest. Soyons raisonnables. Je n'ai pas assez de carburant pour...

— Mais nous n'allons pas très loin, dit Bolan. Dès que vous aurez quitté l'aéroport, dirigez-vous vers l'ouest. Poursuivez ce cours durant deux minutes puis virez droit sur Puerto Marques.

— Vous savez piloter, *amigo* ?

— Je sais piloter ce que je trouve. Pour l'instant c'est vous. Commencez à virer.

Bolan ne savait pas piloter, mais ça ne ferait aucun mal que le pilote croie le contraire.

Ayant changé de cap, le pilote dit :

— Bon, direction Puerto Marques, mais après ?

— On va y atterrir, *amigo.*

— A Puerto Marques ! s'esclaffa le pilote en donnant un coup de coude dans les côtes de son second. Mais il n'y a pas d'endroit pour se poser à Puerto Marques.

Il parlait clairement et lentement, comme s'il avait affaire à un enfant difficile :

— Nous avons *décollé* de Puerto Marques. Il n'y a qu'Acapulco International pour desservir cette région. Un petit biplan ne trouverait pas assez de terrain pour atterrir à...

— On n'aura pas besoin d'une piste, dit Bolan qui commençait à s'amuser. Nous atterrissons devant la Villa Maximillia.

— Tu parles ! cracha le pilote. Il n'en est pas question. Je ne voudrais pas y atterrir en hélicoptère.

— Vous connaissez l'endroit ?

— Evidemment. C'est l'avion de la villa. Vous ne le saviez pas ?

— Si. Et je répète que c'est là que nous allons atterrir, *capitan.*

— Mais vous ne comprenez pas, il n'y a pas...

— Nous allons atterrir juste devant la villa.

Le pilote se mit à rire.

— Vous croyez ?

— Oui, fit Bolan en commençant à rire lui aussi.

— Mais il n'y a que de l'eau devant la villa, *amigo.*

— Exactement. Qu'est-ce qu'il y a ? Vous ne vous êtes jamais posé sur l'eau ?

Le pilote regarda son second, le sourire figé.

— Soyez sérieux, dit-il à Bolan.

Il fit tomber une médaille de tireur d'élite sur les genoux du pilote.

— C'est à vous d'être sérieux. Ça ne sera pas facile, mais, connaissant Max, il n'a pas dû engager le dernier des crétins pour piloter son zinc.

Le pilote fixait la médaille avec fascination. Il la montra à son second.

— Dans l'océan alors ?

— Vous allez descendre très bas et surgir du soleil, lui dit Bolan. Et à moins que vous aimiez beaucoup la natation, je vous conseille de vous poser aussi près que possible du rivage.

— Et si je vous disais que cet avion ne supportera pas le choc ?

— Je vous répondrais que vous me prenez pour un novice.

— Ce n'est pas un DC-3.

— Vous préférez sans doute vous poser sur la terrasse.

Le pilote poussa un long soupir.

— O.K., on va faire comme vous voulez. Il y a des survivants derrière ?

— Environ deux.

— Est-ce qu'ils savent nager ?

— Personnellement je m'en fous éperdument.

Le co-pilote chuchotait quelques mots rapides dans le micro de la radio. Bolan lui arracha les écouteurs, les jeta dans la cabine derrière eux.

— A partir de maintenant, silence radiophonique.

— D'accord, dit le pilote. Si vous voulez vous suicider, ça vous regarde.

— Ça, c'est à vous de décider, *amigo*. C'est le risque que je prends, mais que vous partagez, ne l'oubliez pas.

Le pilote n'avait pas l'intention de l'oublier. Il expliqua la situation au co-pilote. Ils étalèrent des cartes et des chartes, se préparant pour un « amerrissage » de l'avion dans la baie.

Le Leat Jet de la *Compania Maximillia* rentrait au bercail.

CHAPITRE X

La foire aux badauds avait été quelque peu dispersée par les autorités navales et un semblant de calme régnait sur la plage et les rochers, mais des embarcations de la garde côtière formaient un demi-cercle autour du naufrage et une cohorte de renfloueurs et de sauveteurs grouillait sur les rochers en examinant l'épave.

Le *Seaward* était à demi-couché sur le flanc, solidement empalé sur une saillie de rocs, la proue largement fendue. Par chance, l'ouverture béait à quelques mètres au-dessus de l'eau.

Pourtant l'inspecteur naval avait signalé qu'il y avait des dégâts importants au niveau de la quille. Il était donc impossible de renflouer le yacht avant de l'avoir hissé hors de l'eau et d'avoir réparé les fissures.

Spielke qui regardait les activités des techniciens de sa terrasse, poussa un gémissement en écoutant le premier rapport puis lança :

— Bon, attachez des filins pour qu'il ne s'en aille pas à la dérive avec la marée. Mettez en place des remorqueurs qui soutiendront la partie arrière, je ne veux pas que le bateau se casse en deux. Faites tout ce qu'il faut. J'ai téléphoné à mon architecte et à un expert en sauvetage, ils vont arriver. Dites au capitaine Gonzales que j'apprécie son assistance et que je le remercie d'avoir fait évacuer cette foule d'importuns.

C'était purement et simplement odieux. Spielke avait une migraine épouvantable et les tripes en émoi. Mais il était férocement décidé à ne pas être le seul à souffrir du naufrage du *Seaward*. Dès qu'il aurait retrouvé le responsable, ce dernier en crèverait lentement, et Spielke avait l'intention d'assister à chaque minute de son agonie, en riant.

Il se tourna vers Too Bad Paul et gronda :

— Est-ce que ce fumier a rappelé ?

— Non, monsieur. Franchement, j'ai l'impression qu'on vous a fait marcher.

— Je veux qu'on fouille cette villa de fond en comble, c'est compris. Je veux qu'on me le retrouve, ce fumier ! Je veux qu'on lui coupe les couilles !

— C'est juste une question de temps, monsieur, fit Too Bad. Il ne pourra plus faire un geste sans qu'on le sache. Le capitaine Padilla m'a remis une description que j'ai fait circuler. Chauffeurs de taxi, d'autobus, concierges d'hôtel, garçons de café et de restaurant, dans les *cantinas*, tout le monde. Des deux côtés de la baie on le guette. On va l'épingler, monsieur, ne vous en faites pas.

— Aucune nouvelle de l'hélicoptère ?

— Non. Ils sont sortis et depuis pas de nouvelles. Je crois que le rapport était exact.

Spielke grinça des dents.

— O.K ! cracha-t-il. Ce fumier me doit un yacht et un hélicoptère. Il va me les payer cher.

— Oui, monsieur, répondit Too Bad en pensant aux heures déplaisantes que passerait Bolan avant de rendre l'âme. J'ai fait dire qu'on le voulait vivant si c'était humainement possible.

— Il y a intérêt, murmura Spielke en se penchant par-dessus la balustrade.

Un autre lieutenant accourut.

— Mr. Spielke, c'est Cabrillo au téléphone. Il se passe des choses bizarres à l'aéroport.

— Quoi encore ? s'énerva Spielke. Comme s'il ne s'était pas passé suffisamment de choses bizarres aujourd'hui.

Il consulta sa montre puis ajouta :

— Il devrait être sur le chemin de Tampico à cette heure.

— Oui, monsieur, justement c'est ça le problème. Il s'est fait assommer au pied de la rampe. Il est tout retourné. Vous voulez lui parler ?

— J'ai mal au crâne, Juan. Qu'est-ce qu'il a dit ?

— Eh bien, que Royal était là et qu'il y a eu quelqu'un d'autre, puis qu'ils s'étaient engueulés à propos de je ne sais quoi. Quelqu'un, peut-être Royal, l'a assommé. Quand il est revenu à lui l'avion était parti et il était entouré par les flics de l'aéroport qui lui posaient toutes sortes de questions. Il ne sait plus où il en est.

Le téléphone se mit à sonner et Too Bad partit pour répondre.

— Occupe-t'en, Juan, dit Spielke. Essaye d'en savoir plus, cette histoire n'a ni queue ni tête. Entre en contact avec l'avion et assure-toi que les filles sont bien dedans. Et dis à Cabrillo que je veux savoir exactement ce qui s'est passé.

Too Bad appela depuis la table où il avait pris l'appel :

— Chef ! C'est la tour de contrôle de l'aéroport ! Ils disent que l'avion a été détourné !

Spielke porta les mains à sa tête et poussa un gémissement plaintif.

Too Bad parla brièvement au téléphone puis s'approcha de son chef.

— Personne ne comprend ce qui s'est réellement passé, dit-il avec calme. L'avion est arrivé de Tampico sans histoires, a atterri et s'est dirigé sur le hangar comme d'habitude. On *pense* que personne n'en est descendu ni monté. Ensuite l'avion a appelé la tour et a dit qu'il y avait un terroriste à bord et qu'il leur a donné l'ordre de décoller et de se diriger à l'ouest. La tour est encore en rapport avec eux, et dit qu'ils se dirigent au large.

Spielke se mit à marmonner.

— C'est *lui* ! C'est *lui*, Too Bad ! Il nous a téléphoné pour nous faire des menaces, et comme des cons on s'est fortifié ici. Alors il en a profité pour nous piquer notre propre avion pour quitter le pays. Notre avion, bordel !

— Vous croyez ?

— J'en suis sûr ! Il était sûrement à l'aéroport quand il nous a téléphoné. Et dire que j'ai marché ! Qu'est-ce que j'ai mal à la tête ! Too Bad, tu m'as dit que personne n'en était descendu ?

— C'est ce que l'on prétend à l'aéroport.

Spielke poussa un autre gémissement.

— Merde ! Lambrighetta et Zolotti étaient sur ce vol. Il les a enlevés en même temps.

— Oui. Chef, il y a eu des coups de feu juste avant le départ de l'avion.

Spielke se tenait la tête à deux mains.

— Téléphone au général Del Gado à Mexico, dis-lui que c'est urgent et passe-le moi.

— C'est le type de l'armée de l'air, non ?

— Oui.

— Vous vous sentez bien, Chef ?

— Oui, ça va. Je ne le laisserai pas faire, Too Bad. Je le poursuivrai jusqu'en Chine s'il le faut.

— Je vais aller téléphoner, dit Too Bad.

Le capo d'Acapulco fit demi-tour et contempla la mer. Ça tournait au vinaigre à cause de ce con. C'était impensable qu'un seul type, un étranger, puisse arriver avec ses gros sabots et foutre en l'air une organisation entière. Pourtant, en quelques heures il avait réussi à tout compromettre...

Indépendant, Spielke n'était pas l'homme de la *Commissione*. Il s'en était toujours vanté, et il l'avait toujours fait remarquer aux mafiosi de passage. Il s'était taillé un domaine dans un territoire vierge et ne le partageait avec personne. Les Italiens déambulaient en bombant le torse, en pavoisant, et en faisant allusion à la noblesse hiérarchique de la fraternité secrète à laquelle ils appartenaient. Spielke ne devait obéissance à personne. Il gouvernait seul, en maître absolu. Il permettait qu'on vienne prendre le soleil sur son territoire, rien de plus.

Mais peut-être était-ce déjà trop ? Ils lui avaient apporté leurs soucis en même temps que leurs avantages.

Est-ce qu'il avait besoin d'eux, lui ? De leur richesse, de leur soi-disant pouvoir, de leurs ennuis ?

Cinquante fois il leur avait gentiment fait la morale concernant Bolan. Il leur avait dit qu'ils s'étaient montrés timorés, indécis et faibles. Ils avaient eux-mêmes créé une légende qui les terrorisait.

Spielke se tança de ne pas avoir suffisamment cru ce qu'on lui avait dit sur Bolan, l'exterminateur de la Mafia. Il avait cru qu'il s'agissait d'une légende établie. La terreur, l'effroi et l'inefficacité. Il savait que les Italiens exagéraient toujours, amplifiaient les faits. Il avait rejeté le mythe Bolan. Il n'y avait pas cru.

Maintenant il savait qu'il avait eu tort.

C'était aussi bien que Bolan ait pu s'échapper. La *Compania Maximillia* avait les moyens d'assumer ses pertes matérielles puis de recommencer comme si de rien n'était. La situation était gênante, mais pas sérieuse. Si Bolan était resté, s'il avait continué à foncer et à détruire l'organisation de Spielke, cela aurait été différent.

Spielke secoua la tête. C'était incroyable de penser que tous ses rêves pouvaient s'écrouler, que le travail de toute une vie pouvait être anéanti en quelques heures. Il souhaitait vivement que Bolan soit parti et qu'il ne revienne jamais. Tout n'était pas encore perdu.

Son estomac commença aussitôt à se calmer. Il avala deux aspirines avec une gorgée de bière tiède et fade et fit la grimace. Il demanda au barman de lui en apporter une fraîche.

Lorsque l'homme la lui apporta, Spielke lui dit :

— Apporte-moi mon grand tabouret, Pepe. Je vais me reposer un moment.

— Le coucher du soleil est magnifique aujourd'hui, monsieur.

Spielke se foutait bien du coucher du soleil, mais il ne pouvait pas le dire. Regarder un coucher de soleil à Acapulco était une tradition qui remontait aux Conquistadors.

Il s'assit sur l'espèce de chaise haute à repose-pieds et fixa le ciel rougi sans vraiment le voir.

La migraine s'estompait.

Too Bad s'approcha, muni d'un havane et

d'un coupe-cigare. Spielke prit le cigare et l'écouta faire son rapport.

— On essaye de retrouver Del Gado. Il a quitté son bureau de bonne heure et personne ne sait où il est.

— Laisse tomber, fit Spielke. Ça n'a plus d'importance.

— Bon, j'annule l'appel ? demanda Too Bad en lui jetant un regard surpris.

— Qu'est-ce qui se passe en bas ?

Too Bad s'approcha de la balustrade.

— Ça n'a pas changé. C'est bordélique.

— Je suis assuré, fit Spielke d'un ton philosophique. Pour l'hélicoptère aussi. C'est tout ce que nous avons perdu, Too Bad. Ce n'est pas la fin du monde.

— Vous oubliez l'avion, annonça amèrement Too Bad.

— On le récupérera... sinon on touchera cette assurance-là aussi.

— Il me vient une idée, monsieur...

— Oui ?

— Ce n'est pas forcément Bolan, le terroriste. On n'en a aucune preuve. Il vaut mieux ne pas laisser tomber notre garde.

— Bien sûr, dit Spielke d'une voix absente.

Il ferma les yeux, se massa les paupières d'un mouvement lent et circulaire.

— Ne perds pas le contact avec Juan à l'aéroport, Too Bad. Il faut nous resaisir.

Too Bad s'accouda à la balustrade, se pencha en avant pour scruter les activités des hommes sur la plage près du yacht. Le soleil était une boule rougeoyante qui surplombait l'horizon. La mer était striée de plusieurs tons de rouge et des ombres dansaient sur les vagues.

— Je me demande si c'est notre avion, dit Too Bad.

— Comment ? murmura Spielke.

— Non, je plaisante. Il y a un avion qui se dirige par ici, qui sort du soleil, sous l'horizon. Il est trop bas pour un avion de cette taille.

Spielke ouvrit les yeux et regarda. Il se dressa sur la chaise haute et plissa les yeux.

— Mon téléscope ! fit-il brusquement.

Too Bad chercha le télescope qui était posé sur la balustrade et le porta jusqu'à Spielke. Celui-ci le brandit, fit la mise au point.

— Nom de Dieu ! murmura-t-il.

— C'est le nôtre ?

— C'est un Lear Jet ! Mais qu'est-ce qu'ils font ?

Depuis la table où il se trouvait près du téléphone, Juan s'écria :

— La tour vient de perdre l'avion sur le radar ! Ils sont tombés ou alors ils volent si bas que le radar ne les perçoit pas !

— Merde, fit Too Bad. Ils vont passer au-dessus en rase-mottes.

— Merde ! hurla Spielke.

Il était évident que l'avion n'allait pas passer au-dessus de la villa. Les quelques petits bateaux dans la baie se remuèrent brusquement pour fuir l'avion qui frôlait les vagues. Il effleura la surface à deux cents mètres de la plage et glissa rapidement sur l'eau comme un hydravion. Cent mètres plus loin il ralentit dans son sillage.

De grosses vagues se mirent à déferler sur la plage, bousculant les embarcations des sauveteurs qui avaient fort à faire pour maintenir leurs filins.

— Non ! s'écria Too Bad. *Seaward* décroche !

Mais Spielke ne l'écoutait plus. Il s'était désintéressé du yacht, de l'hélicoptère et du Lear Jet. Il était ébahi, presqu'admiratif.

— Le salaud, murmura-t-il. Il a réussi, il m'a renvoyé mon avion. Je n'arrive pas à y croire...

Pourtant il le fallait bien.

CHAPITRE XI

Le pilote avait beaucoup de doigté, et le choc de l'amerrissage fut très supportable.

Bolan fut le premier à défaire la ceinture de sécurité et se lever, immédiatement imité par le steward.

Les deux mafiosi se tenaient encore la tête entre les genoux en poussant des grognements de terreur, lorsque le pilote et le co-pilote quittèrent le cockpit en titubant.

Le steward était allé près du hublot de secours qu'il avait ouvert. Il se débattait avec un canot pneumatique qu'il essayait de forcer à travers l'ouverture. L'avion reposait, faisant un angle étrange et commençait à couler. Il était évident que son temps à la surface était limité.

Bolan salua les pilotes et enjamba le steward.

— Je vais vous aider, dit-il en saisissant le canot.

Il le poussa énergiquement à travers la baie et tira sur le goupillon pour le remplir d'air comprimé.

L'embarcation se gonfla brusquement et tomba dans l'eau. Il tendit le filin de sécurité au steward puis plongea entre deux vagues et refit surface à cinq mètres de la carlingue.

Il se tourna vers le rivage, respira à fond, plongea de nouveau et nagea vigoureusement.

Lorsqu'il refit surface la troisième fois, il était déjà à mi-chemin de la plage. L'avion avait presque disparu sous les eaux. Il reprit son souffle, regardant l'avion s'immerger et disparaître totalement, laissant seules à son emplacement cinq formes humaines dans un canot de sauvetage qui se détachaient de l'horizon en contre-jour.

La nuit tombait à une allure vertigineuse, la plage était plongée dans la pénombre grise du crépuscule. Plusieurs bateaux tournaient autour du *Seaward*, des hommes criaient des ordres inutiles.

Un bateau de gardes-côtes se dirigeait vers les naufragés.

Bolan replongea sous l'eau plusieurs fois. Il refit surface dans la confusion qui régnait sur la plage.

Epuisés, ruisselants d'eau et de transpiration, des hommes portant câbles, poulies et filins, essayaient d'amarrer le *Seaward* qui paraissait vouloir à tout prix s'abîmer sous les flots. Certains hommes portaient une sorte d'uniforme rudimentaire et la plupart étaient d'origine indienne.

Un homme se distinguait facilement dans la masse. Il avait à peu près la taille et la carrure de Bolan, et il portait un chapeau australien. Il paraissait commander les autres. Il avait les jambes trempées, mais ne donnait pas l'impression qu'il venait de passer une heure à tirer sur des filins. Il portait une carabine d'assaut sur l'épaule. Il se dirigeait vers l'escalier qui menait à la terrasse.

Dans la nuit un homme supplémentaire, trempé de surcroît, ne se remarquait pas. Bolan sortit de l'eau et avança vers l'officier du Chef.

Le type se retourna pour le fixer juste au moment où Bolan lui décocha un magistral uppercut. Il n'en fallut pas davantage.

Bolan traîna l'homme inconscient derrière un gros rocher, le déshabilla et enfila ses vêtements. La carabine était une AK-47 russe, très similaire au M-16 américain. Ce détail intrigua Bolan. Il enfila la tunique, serra la ceinture tissée autour de sa taille, posa le chapeau australien sur sa tête comme l'avait porté l'officier assommé, puis mit la carabine en bandoulière sur son épaule et monta gaillardement les marches de l'escalier.

La villa était impressionnante.

Il s'arrêta au sommet de l'escalier pour s'orienter et jauger l'atmosphère.

Il n'était pas venu afin de blitzer, mais pour reconnaître.

Il y avait de quoi regarder. Des domestiques en blanc installaient un grand buffet sur la terrasse près de la piscine. Un employé se promenait dans le parc avec une torche avec laquelle il allumait des lanternes « pour faire joli » — on ne manquait ni d'éclairage ni d'électricité sur la colline de Spielke.

Six hommes, confortablement vêtus, se tenaient autour d'une grande table ovale sur laquelle il y avait de nombreux téléphones. Tous regardaient, l'œil gourmand, les domestiques qui préparaient le buffet.

Le soleil avait complètement disparu, il n'en subsistait qu'une faible lueur tout au bout de l'horizon.

A l'extrémité de la terrasse il y avait un petit homme chauve qui se tenait sur une drôle de chaise. Il fixait la mer, ayant tourné le dos aux autres.

Bolan se dirigea vers lui.

Sur cette partie de la terrasse, les jardins exotiques étaient plongés dans l'obscurité. Des arbres empotés jouxtaient les plantes luxuriantes de la jungle — une jungle bien équilibrée, revue et corrigée par l'œil sévère d'un paysagiste.

Le petit homme se retourna en entendant Bolan s'approcher d'un pas tranquille.

— Ramirez, dit-il. *Que pasa ?*

Bolan fit doucement basculer l'AK-47 et s'adossa au parapet.

— Ce n'est pas Ramirez, Max, dit-il.

— Et merde, murmura Spielke à voix basse.

Bolan parla à voix basse également, son ton était glacial.

— Tu m'as dit que tu voulais me voir face à face, que tu avais quelque chose à me dire.

— C'est insensé, dit Spielke sur le même ton froid et feutré. Ici, c'est un camp armé. Tu as marché directement dans le piège.

— Je suis venu par la voie des airs, pas à pied, corrigea Bolan.

— C'est vrai, j'ai failli l'oublier.

Il se mit à rire tout doucement. C'était le rire détendu d'un homme qui avait retrouvé la paix en lui-même.

— L'avion ressemblait à un paquebot en amerrissant. Tu as fait revenir les touristes et les badauds, sans parler de la marine. On ne pourra plus jamais nous en débarrasser.

— Le spectacle vaut le déplacement, Max, dit Bolan. Tu n'as pas aimé ?

— J'ai énormément apprécié, Monsieur Malin.

— Allons faire une balade, tu veux ?

— Je ne vais nulle part. Toi non plus. Essaye un peu de bouger et tu auras deux cents *soldados* sur le poil.

— Je m'y attends, mais ne compte pas trop dessus. Surtout pas quand tu as cette petite merveille de la technicité russe contre la tempe. Je ne pense pas que tes *soldados* soient complètement ignorants des usages. Il n'a que le Chef qui puisse assurer la solde. Plus de Chef, plus de solde.

— Tu te crois vraiment le plus fort, hein ?

— La mort est plus forte que nous deux réunis, Max. Qui de nous deux en a le plus peur ?

— T'as du culot en tout cas. Tu m'épates, je l'avoue.

— Je suis surtout très décidé, Max. Je prends ce que je veux.

Spielke le fixa longuement, mesura l'homme qui pouvait si simplement le tuer.

— C'est sans doute vrai, soupira-t-il. Qu'est-ce que tu veux de moi, Bolan ?

— Quelques minutes de ton temps pour discuter.

— Vraiment ?

— Oui. Mais en territoire neutre, pas ici.

— Tu penses réellement que je vais me lever et sortir d'ici en ta compagnie ?

— J'en ai bien envie, oui.

— Absurde. Ma seule chance est de rester où je suis. Pas vrai ? Si je sors d'ici avec toi...

— Réfléchis un peu, Max. Si j'avais voulu te supprimer, tu crois que je serais venu ? Tu as dû te rendre compte que je tue qui je veux, quand je veux, et à distance. Ce n'est pas de cette façon que je te supprimerais.

— Ah non ?

Les hommes qui se trouvaient autour de la table ovale se levèrent et s'approchèrent du buffet. Ils avaient faim, il était l'heure de manger. Rien d'autre ne semblait compter pour eux.

Un grand type avec les épaules massives en forme de pyramide s'arrêta entre la table ovale et le buffet pour lancer aux hommes qui se trouvaient au bout de la terrasse près du parapet :

— Le dîner est prêt. Je peux vous apporter quelque chose, monsieur ?

— Pas pour le moment, Too Bad, répondit Spielke.

— Ramirez ?

Bolan fit signe que non. Le grand type s'éloigna vers le buffet.

— Je vois que tu as réfléchi, dit Bolan.

— Je me suis mis à réfléchir avant ton arrivée. Je n'aime pas voir tous ces problèmes dans mon territoire. Mon fief a toujours été net et propre. Je veux qu'il continue à l'être.

— Sinon, il y aurait trop à perdre ?

— J'ai déjà perdu.

— Les ennuis ont commencé avant mon arrivée, dit Bolan.

— J'ai réfléchi à ça aussi.

— Je ne tiens pas à supprimer ton territoire, Spielke.

— C'est ce que je me disais.

— Je voudrais simplement fermer les frontières.

Spielke poussa un soupir.

— Je m'en doutais. Franchement, j'en ai déjà assez de ces incessants va-et-vient. Je n'ai plus jamais le temps de me détendre. Ce n'est pas pour ça que j'ai travaillé toute ma vie.

— Détache-toi d'eux, et je m'en irai tout de suite. La paix reviendra dans ton petit empire, et tu pourras faire la *siesta* comme tout le monde.

— Qu'est-ce qui me prouve que tu ne reviendras pas me jouer des sales tours ?

— J'ai appris à accepter certaines choses inévitables, dit Bolan. Il existe des endroits que je ne pourrai jamais nettoyer, le train-train reprendra dès que je serai reparti. C'est le cas du Mexique. Après tout il n'y a personne que je préférerais voir à ta place...

— C'est vraiment ce que tu penses, n'est-ce pas ?

— Bien sûr.

— Tu vois au moins nous parvenons à nous comprendre. Tu sais, tu n'es pas bête, en fin de compte. Voyons, quelles sont mes pertes, combien de mes hommes as-tu tués aujourd'hui ?

— Je ne compte jamais, répondit froidement Bolan.

— Moi, si. Voyons... Le garde-côte qui a secouru l'équipage du Lear Jet et les deux macaronis, Lambrighetta et Zolotti. Tu as donc tué deux types dans l'avion. C'est pas grave, c'étaient des nullités, et ils n'étaient même pas à moi. Tu as relâché l'équipage du yacht. Tu as épargné Royal et ses domestiques tandis que tu supprimais Cassiopea, Fulgencio et Scapelli. Dis, c'est pas méchant tout ça. Je n'ai donc perdu que les trois hommes dans l'hélicoptère. Tu les as eus, n'est-ce pas ?

— Je les ai eus.

— Ramirez ?

— Il perdra peut-être une dent ou deux.

— C'est pas méchant tout ça, répéta Spielke. Net et propre. Honnête. Bon, je marche.

— Bien raisonné, fit Bolan en le félicitant.

— Tu promets de ne pas tirer sur mes fenêtres et de ne pas pousser mes voitures par-dessus la falaise, hein ?

Bolan s'esclaffa.

— Marché conclu, Max.

— D'accord, fit Spielke en se levant. Je t'accompagne jusqu'à la sortie et je te ferai venir une voiture. Eh bien, on a eu notre petite discussion après tout. Tu veux rencontrer Too Bad Paul et les autres ?

— Merci, pas cette fois, dit Bolan. Je précise que le marché ne tient que si j'arrive chez moi sans histoires. Si jamais les choses se gâtaient...

— Je n'ai qu'une parole, dit Spielke en lui prenant le bras.

Ils traversèrent le jardin d'un pas tranquille. Spielke lui montra quelques plantes dont il était extrêmement fier et certains objets auxquels il tenait particulièrement, et lui parla amicalement des problèmes qu'il avait à gouverner son petit royaume.

Too Bad et les autres les regardèrent quitter le jardin et s'éloigner dans le petit sentier qui contournait la villa et menait directement au parking, sans montrer un grand intérêt ni une grande inquiétude.

Une fois arrivés, Spielke fit signe à un type, qui portait lui aussi un chapeau australien, de faire venir une voiture jusqu'au portail, puis ils descendirent l'allée macadamisée d'un pas paisible.

Quitter un camp ennemi comportait de nombreuses difficultés, même lorsque les intentions de tous étaient pacifiques, Bolan le savait bien. Il fit garer la voiture dans un tournant de l'allée, puis ordonna aux gardes de mettre leurs armes par terre et de garder leur distance. Ensuite il jeta la carabine russe dans les buissons.

Spielke émit un petit rire, puis l'accompagna de son plein gré jusqu'à la voiture.

— Souviens-toi qu'on a fait un marché, dit-il à Bolan lorsque celui-ci se glissa derrière le volant de la voiture.

— A la vie, à la mort, dit Bolan. Je vais garder l'œil sur toi jusqu'à la fin de tes jours.

— Ou jusqu'à la fin des tiens ! fit Spielke en rigolant.

Il remonta le chemin qui menait à la villa en riant tout seul.

Bolan démarra puis s'éloigna, certain qu'il avait accompli une bonne chose. Il n'avait pas détruit le système, mais il avait réussi à endiguer les efforts internationaux du réseau. C'était déjà bien.

Il avait jaugé la force de Spielke et découvert que celle-ci était de taille à supporter une guerre d'attrition puis de se recycler. De plus, il croyait que Max était sincère et honnête à sa manière. La Mafia devrait trouver un autre pays pour monter une *Nueva Cosa Nostra.*

Somme toute, Bolan était assez satisfait de la journée.

Mais il ignorait ce qui l'attendait à Acapulco, et il était à mille lieues de savoir que la bataille ne faisait que commencer.

CHAPITRE XII

Mack Bolan était un homme qui respectait les accords pris avec ses alliés, même si ceux-ci ne l'étaient que momentanément. Il voulait retrouver John Royal tout de suite, lui demander ce qu'il avait l'intention de faire à présent et de l'aider si possible.

Il voulait s'occuper aussi de Martha Canada et des six filles. Il n'en avait pas parlé à Spielke car il avait le sentiment que moins on en parlerait, mieux ce serait.

Mais il fallait absolument qu'il se débarrasse de tous ces problèmes avant de quitter Acapulco définitivement, et il avait bien précisé à Spielke que leur accord ne tiendrait que lorsqu'il serait rentré chez lui en laissant tout en bon ordre.

Il fallait inclure John Royal, Martha Canada et les filles dans cet ensemble qui composait le « bon ordre ».

Il roula jusqu'à la plage de Hornos où il abandonna la voiture de Spielke, se débarrassa de la tunique et du chapeau australien puis gagna à pied une petite villa dans les collines à l'est de la baie, où il avait installé son QG secret.

La petite villa n'était pas luxueuse et, à l'agence de location, on lui avait dit qu'elle était idéale pour les budgets modestes. Le crépi était craquelé, le plancher grinçait et les meubles étaient bringuebalants, mais tout était impeccablement propre et convenait parfaitement aux besoins de Bolan.

Il y avait dissimulé son arsenal personnel et divers vêtements pour ressembler à toute heure au plus banal des touristes, et il y avait laissé une voiture de location. C'était la troisième fois qu'il se rendait à la ville depuis son arrivée. Dans quelques heures il espérait la quitter définitivement.

Il prit une douche et se rasa avant de s'habiller, choisissant un pantalon gris foncé, une chemise crème, un foulard noir, des chaussettes noires et des mocassins confortables. Ensuite, il enfila le harnachement du Beretta, dont il vérifia le chargement, puis une veste de sport.

Il se contempla un instant dans la glace puis rangea ses lunettes de soleil dans la poche de sa veste et quitta la petite villa.

Il remarqua aussitôt en arrivant qu'il y avait quelque chose qui se tournait pas rond chez John Royal. Il s'en approcha lentement avec précaution.

D'abord la voiture de Royal était absente. Ensuite il n'y avait pas de lumière dans la villa, sinon quelques lanternes dans le patio.

Il passa devant la villa en voiture et se gara à une centaine de mètres plus loin, près de la plage publique. Tout était calme sur la plage que les estivants avaient abandonné pour aller se reposer des efforts de la journée et se préparer à faire la fête une heure ou deux plus tard. Dès vingt heures Acapulco redeviendrait le carnaval habituel, mais à présent tout était tranquille. Trop, peut-être.

Bolan remonta la plage jusqu'à la villa de John Royal, se hissa rapidement par-dessus le muret, se laissa tomber dans les ombres qui obscurcissaient la terrasse. Accroupi, il écouta, et son instinct lui dit que quelque chose n'allait pas. Il s'approcha de la piscine, entra dans la zone éclairée, alluma une cigarette, et patienta en humant les odeurs nocturnes de la mer.

Il y avait quelqu'un dans l'eau.

Bolan chercha l'interrupteur pour brancher les spots de la piscine, puis s'approcha pour mieux regarder.

Le cadavre était habillé en blanc. Il était au fond de la piscine, sur le dos, les yeux grands ouverts, et semblait fixer Bolan.

— Et d'un, murmura Bolan.

Comme prévu, il découvrit le second cadavre dans le salon. Recroquevillé sur les genoux, pieds et poings liés comme un cochon rôti, John Royal avait reçu une balle dans la tête. Près du corps se trouvait une médaille de tireur d'élite.

Bolan la ramassa, l'examina, la mit dans une poche.

Le corps de John Royal était encore chaud. Il y avait des traces de poudre autour de la plaie béante de son crâne fracassé. On lui avait tiré dessus à bout portant avec une grosse pièce.

Il trouva une douille sous le canapé. Une grosse douille.

— Je vous avais dit que je ne pouvais rien promettre, murmura rageusement Bolan.

Il alla jusqu'au placard où il avait rangé l'Auto-Mag, et bien entendu son arme n'y était plus.

C'était un coup monté, et bien monté.

Il y avait encore l'empreinte du corps de Martha Canada sur le lit où elle s'était reposée, mais elle avait disparu.

Dans la salle de bains, il découvrit un grand sac avec des produits de maquillage, des tubes de rouge à lèvres et un poudrier, suspendu à un crochet. Mais les filles destinées aux claques de Tampico avaient également disparu.

Il n'y avait que Bolan et les deux cadavres dans la villa de John Royal.

Il se rendit de nouveau sur la terrasse et s'approcha de la piscine pour examiner le premier cadavre qu'il avait découvert. Il ne découvrit aucune blessure. On l'avait tout bonnement maintenu sous l'eau en attendant l'inévitable, puis on l'avait relâché. Il gisait sur la mosaïque du fond. L'homme était mexicain, et il portait les vêtements blancs utilisés par la plupart des domestiques d'Acapulco.

Il n'était pas tout à fait vingt heures. Royal lui avait dit deux heures plus tôt qu'il avait renvoyé ses domestiques.

D'où venait celui qui se trouvait dans la piscine ?

Il y avait une question de temps que Bolan ne comprenait pas.

La villa n'était pas très loin de l'aéroport. Il ne fallait pas plus de dix à quinze minutes pour faire le trajet en voiture. John Royal et les filles avaient dû rentrer vers dix-huit heures quinze, ou dix-huit heures vingt.

Apparemment il n'y avait rien de particulier à ce moment-là parce que Royal avait téléphoné à son domestique pour lui dire de revenir, et que celui-ci était revenu à temps pour se faire assassiner avec son patron.

Mais pourquoi ?

Bolan marcha lentement jusqu'à la clôture qui donnait sur la plage, qu'il fixa brièvement ainsi que la baie. Subitement il comprit qu'il manquait autre chose.

L'un des bateaux avait disparu. Lorsqu'il était parti avec Royal à l'aéroport il y avait deux bateaux amarrés au ponton, un grand chris-craft et un petit hors-bord. Il n'y avait plus que le hors-bord.

Bolan longea lentement le ponton à la recherche d'un indice. Il découvrit le mégot d'un gros cigare, bien mâchonné et encore mouillé, coincé entre les lattes du ponton, comme si quelqu'un l'avait jeté puis écrasé du pied pour le faire disparaître à travers les planches. Bolan le laissa là et retourna dans la villa pour voir s'il pouvait découvrir autre chose, se souvenant qu'il y avait quelques détails qu'il avait remarqués dans le salon sans trop y attacher d'importance.

Sur la table basse près du corps de John Royal il y avait un gros cendrier en céramique blanche dans lequel se trouvaient une grosse cendre de cigare et un petit tas d'allumettes qui étaient toutes brûlées d'un bout à l'autre.

Il examina le cadavre de Royal de plus près, cherchant des brûlures sur son corps.

Il ne découvrit aucune cicatrice récente, mais trouva quelque chose dans sa main droite. Il lui fallut forcer les doigts qui s'étaient crispés après la mort. Il était perplexe quand il vit ce que c'était.

Une pochette d'allumettes qui venait de la *Cantina Lola,* et une minuscule statuette de la Vierge de Guadalupe, une réplique de la grande statue qui se trouvait sous la mer près de l'île Roqueta.

La pochette d'allumettes, c'était facile à comprendre. Les allumettes brûlées qui se trouvaient dans le cendrier, venaient de la pochette vide. Royal avait compris que son heure était venue, et il lui avait laissé un message d'outre-tombe.

Mais que voulait dire la statuette ?

Bolan passa encore une dizaine de minutes à fouiller la villa pour trouver des indices, et découvrit enfin le pot aux roses. La villa de John Royal, où il avait déclaré la guerre en début d'après-midi, était truffée de micros-émetteurs. Il trouva le premier petit micro sur la dernière étagère de la bibliothèque dans le salon. Ensuite ce fut facile. Chaque pièce de la villa était piégée, même les salles de bains.

Il ressortit pour trouver l'émetteur principal. Il fallait bien qu'il y en ait un dans les parages immédiats. Il le découvrit dissimulé dans la toiture du *pool-house*, le petit pavillon près de la piscine. L'émetteur avait la taille d'un gros paquet de cigarettes.

C'était idéal. Un bateau pouvait jeter l'ancre au centre de la baie et collecter les renseignements enregistrés.

Il y avait même un micro sur la terrasse, dissimulé dans la toile de la grande ombrelle sous laquelle il avait discuté avec John Royal quelques heures plus tôt.

Spielke ? Sûrement pas. Car il aurait eu vent du détournement à temps pour empêcher Bolan d'aller jusqu'au bout.

Alors qui ?

L'esprit de Bolan était en émoi. Qui ? Qui avait gros à perdre à Acapulco ?

Il quitta la villa aussitôt, reprit sa voiture et commença à faire une tournée générale des collines résidentielles pour semer d'éventuels poursuivants. Ensuite il chercha une cabine téléphonique publique.

Il en trouva une près d'une terrasse de café de la Costera, et fit un numéro. Il lui fallut un moment pour obtenir Spielke, mais lorsque celui-ci prit l'appareil, Bolan ne perdit pas son temps en préliminaires.

— Ça ne marche pas pour le mieux, Max,

dit Bolan. John Royal. C'est toi qui l'a fait abattre ?

La voix de Spielke lui parut très éloignée tout à coup.

— Johnny ? Mort ?

— Oui. Dis-moi oui ou non, je te croirai. Est-ce que c'est toi qui a donné l'ordre de le supprimer. Il ne faisait pas partie de notre pacte de toute façon. Oui ou non ?

— Evidemment que non ! fulmina Spielke. Je ne sais même pas pourquoi tu...

— Est-ce que tu sais où sont tous tes hommes ?

— Ici avec moi. On prépare une conférence depuis que tu es parti. Personne n'aurait touché Johnny sans ma permission. Je n'ai rien dit, personne n'y a touché. Qu'est-ce qui s'est passé ? Où es-tu ?

— Les micros sont les tiens ?

— Quoi ? *Quoi* ?

— La villa de Johnny en est remplie. Tu ne le savais pas ?

Il y eut un long silence.

— Apparemment pas, fit Bolan. Qui les a fait installer, Max ?

— Je ne sais pas, dit Spielke d'une voix monocorde. Mais je vais me renseigner.

— C'est une nouvelle manche, Max.

— Tu m'as déjà fait assez d'ennuis, Bolan. Fous-moi le camp !

— J'essayerai, Max, mais les choses se compliquent. On marche toujours comme prévu ?

— Plus que jamais. Tiens-moi au courant. D'accord ?

— Vérifie ta propre baraque, suggéra Bolan.

— Hein ?

— S'il n'y a pas de micros.

— Et merde...

Spielke raccrocha.

Bolan sourit puis regagna sa voiture.

CHAPITRE XIII

Les communications internationales était difficiles à obtenir depuis Acapulco, Bolan dut faire plusieurs fois sa demande avant d'obtenir son correspondant, et ensuite il dut ménager son langage.

L'homme à qui il avait téléphoné s'appelait Leo Turrin et il était le meilleur ami de Bolan. Il était aussi un agent double, agent du FBI et mafioso très important au sein d'une des familles de la côte est.

— Bon, je t'entends enfin, annonça Turrin. Il fait chaud au Mexique ?

Ils ne s'étaient pas parlés depuis les incidents du Colorado.

— Très, presque trop. Fais attention à ce que tu dis, je ne sais pas combien de personnes nous écoutent.

— Compris. Comment ça se passe ?

— Pas mal. Quand as-tu appris que j'étais là ?

— Il y a quelques heures. Un petit oiseau me l'a dit.

Ce détail avait une certaine importance pour Bolan.

— Un petit oiseau blanc, ou un petit oiseau noir ?

— Les deux, en fait. Tout le monde s'intéresse à toi.

— Ça ne m'étonne pas. Qui t'a prévenu en premier ?

— L'oiseau blanc, fit Turrin. Quelle heure est-il là-bas ?

— Vingt heures quarante-cinq.

— O.K. L'oiseau blanc m'a parlé à dix-sept heures et l'oiseau noir à dix-huit heures, peut-être un peu plus tôt.

— Dans cet ordre, tu en es sûr ?

— Certain. C'est important ?

— Peut-être, lui dit Bolan. Te souviens-tu de Butch Cassidy ?

— Bien sûr. Comment va-t-il, ce vieux Butch ?

— Son cheval a crevé cet après-midi.

— Ah ! Ça, on ne me l'a pas dit. Tu en es sûr ?

— Certain. J'étais là.

— Je vois. Il y en a qui seront très fâchés.

Il y a un grand esprit blanc qui le faisait suivre.

— Oui, eh bien, tu diras au grand esprit blanc qu'il avait qu'à me prévenir.

— Le message sera transmis, répondit Turrin, sinistre. Qu'est-ce qui va se passer maintenant ?

— Je n'en sais foutre rien. C'est pourquoi je t'ai appelé. Je pensais que tu pourrais m'éclairer.

— Tu parles ! C'est la première fois que j'entends parler de ça. Les oiseaux ont siffloté deux, trois fois, sans ajouter de commentaire. On se demandait tous comment ça se passait là-bas.

— Tous ?

— Oui. Qu'est-ce que tu fais pour te distraire ?

— Je me conduis comme un touriste. Je fais du shopping, je vais voir les monuments. Au fait, il s'est passé quelque chose de marrant. Un yacht qui appartient à un nabab local, s'est littéralement jeté hors de l'eau. Le type s'appelle Spielke. Tu en as entendu parler ?

— Bien sûr. Alors son yacht a fait un bond comme un poisson volant, hein ?

— Si on veut. Le plus drôle c'est que son avion particulier a fait exactement le contraire. Il a piqué un plongeon dans la mer juste devant la villa de Spielke. Tu n'en as pas entendu parler non plus ?

— Dis-moi, c'était avant ou après la mort du canasson de Butch ?

— Tout de suite après. Je crois que c'est la mort du cheval qui a tout provoqué. Spielke en a assez. Il ne veut plus jouer au tiercé.

— Ah bon ? fit Turrin. J'en connais qui ne vont pas être heureux. Tu es sûr de ce que tu avances ?

— Plus que jamais. Je sais qu'il y en a qui sont déjà très fâchés. Il faut que tu me dises qui écoute Spielke.

— Mais je n'en sais rien. Pas la moindre idée.

— Blancs ou noirs ?

— Ni les uns ni les autres que je sache.

— Alors dis-moi qui chevauchait avec Butch ?

— Avec lui ?

Turrin se tut pour réfléchir.

— Eh bien, il y a quelques limiers envoyés par le grand esprit blanc qui le suivent en permanence. Tu le sais, on en a parlé à l'époque de tes frasques à Detroit.

— Exact, mais je ne savais pas qu'ils avaient le droit de pister à l'étranger. L'ont-ils ?

— Pas vraiment. Mais tu sais aussi bien que moi que les règles ne s'appliquent pas toujours.

— Tu crois qu'il a une escorte partout où il va ?

— Je ne sais pas, mais c'est possible.

— Essaye de le savoir, demanda Bolan.

— Je vais essayer. Tu me rappelleras.

— Dans quatre heures. Tu seras là ?

— Je m'arrangerai, dit Turrin. Tu n'avais rien d'autre à me dire ?

— Est-ce que les limiers ont un accord avec leurs semblables au sud du Rio Grande ?

— Avec les Mexicains ? Pour certaines choses, mais pas pour ça.

— Je vois, fit Bolan. Mais je ne vois pas très bien où j'en suis personnellement. Le petit oiseau blanc était où quand il s'est mis à chanter ?

— J'essayerai de le savoir.

— Merci. Renseigne-toi aussi sur les oreilles qui écoutent Spielke.

— Il y en a beaucoup ?

— Assez pour rassembler un troupeau d'éléphants.

Turrin ricana.

— Je ne suis pas omniscient, tu sais, mais j'essayerai de me renseigner. Si les oreilles sont si grosses que ça, je les trouverai.

— Au fait, il y a un monument intéressant dans le coin, dit Bolan sur un ton anodin. C'est la Vierge de Guadalupe.

— Fascinant, dit Turrin. Elle est jeune au moins ?

— C'est une grande statue, sous l'eau.

— Qu'est-ce qu'elle fait sous l'eau ?

— Il faut bien attirer les pêcheurs sous-marins, crétin. Vois donc si tu peux m'en apprendre davantage, veux-tu. Ça pourrait m'intéresser.

— Une statue...

— Oui. Elle a peut-être un message codé à nous passer.

— Je vois. Je l'ajouterai à ma liste. Tu n'as rien à me raconter d'amusant ? Quelque chose qui me ferait briller auprès de mes pairs ?

— Les blancs ou les noirs ?

— Les uns ou les autres, ou les deux, s'esclaffa Turrin.

— La conversation n'en finirait plus, dit Bolan. Je préfère attendre un peu plus. Un truc, tu peux dire au grand esprit blanc que les deux gros pontes de la poudre de l'Amérique Centrale ont disparu en même temps que Butch.

— Vraiment ?

— Oui, et dis-lui aussi que tout est net et propre par ici. Il ne se passe rien du tout. On parle, c'est tout.

— Je vois. C'est tout ?

— Pour l'instant, dit Bolan.

— Bon, on se reparle à une heure.

— Ne t'inquiète pas si j'ai quelques minutes de retard, c'est une vie mouvementée.

— Tant que ça ? Fais gaffe à tes mouvements.

Bolan s'esclaffa.

— T'en fais pas pour moi.

Il raccrocha.

Il n'en savait pas beaucoup plus qu'avant, sinon que le FBI avait peut-être fait suivre et surveiller Cassiopea en dehors des frontières américaines. Il savait aussi que la *Commissione* avait peut-être fait installer des micros chez Spielke et ailleurs.

Il savait surtout que deux rapports identiques avaient été faits presqu'à la même heure — le premier par un agent du FBI, le second par un agent de la Mafia. D'une manière ou d'une autre le FBI avait réussi à connaître sa présence à Acapulco cinquante minutes avant la Mafia.

C'était bien étrange...

CHAPITRE XIV

Bolan laissa la voiture près de la Costera et pénétra dans le quartier des bordels, à pied. C'était dans la vieille ville. Il y avait des bouges, des claques et des strip-tease. Et même des boîtes de nuit.

Chaque bordel se cachait derrière une *cantina*, et chaque *cantina* avait son bordel. Les bouges et les boîtes de nuit disposaient aussi de quelques chambres.

Il était encore tôt, le quartier était calme. Quelques heures plus tard il y aurait davantage d'atmosphère, mais la nouba commençait vraiment vers les deux, trois heures du matin. Certains endroits marchaient fort jusqu'à huit, neuf heures du matin.

La police mexicaine interdisait aux femmes étrangères de s'aventurer dans ces quartiers qu'on trouvait dans chaque ville du Mexique. Mais c'était différent à Acapulco. Les couples étaient aimablement accueillis, et certaines des boîtes de nuit avaient une renommée mondiale.

La *Cantina Lola* ne faisait pas partie de ces privilégiées. La salle était morbide, crasseuse, et déprimante. Une odeur de bière fade et de transpiration envahissait les narines comme un gaz lacrimogène. Il y avait un petit bar près de la porte, quelques tables poussiéreuses, un juke-box, une petite scène surélevée, quelques chambres au premier étage et une porte à l'arrière qui menait Dieu sait où.

Il n'y avait qu'une seule personne dans la salle; un barman. Il avait la quarantaine et portait un jean propre mais délavé et une chemise blanche. Il avait l'œil vif et le sourire facile.

Il accueillit Bolan comme un vieil ami.

— Qu'est-ce que vous faites là si tôt, *amigo* ? Il n'y aura personne avant une bonne heure.

— J'avais soif.

Bolan s'installa sur un tabouret et s'accouda au bar.

— *Una cerveza ?*

— Pourquoi pas ? gronda Bolan. Vous avez de la Carta Blanca ?

— *No, amigo.* Mais j'ai de la Bohemia et de la Moctezuma.

— C'est quoi la Moctezuma ? demanda Bolan. La bouteille brune, là ?

Le barman se pressa de lui en servir une.

— Essayez, ça vous plaira.

Il sourit largement.

— Dix pesos, fit-il.

— Je peux l'avoir pour sept pesos au *zocalo*, protesta Bolan.

— Oui, mais vous n'y trouverez pas cette ambiance.

Bolan regarda autour de lui et ricana :

— Ça, vous pouvez le dire.

— Vous voulez des filles ? Il est encore tôt, mais je vous parie cinquante pesos qu'en moins de cinq minutes je vous en aligne une dizaine.

— Peut-être plus tard, s'esclaffa Bolan.

— Vous êtes de Los Angeles ? demanda le barman.

— Non, mais j'y suis allé.

— Moi aussi. Trois fois.

Il leva trois doigts comme s'il s'agissait d'une preuve irréfutable.

— Vous connaissez la rue Alvera ? demanda-t-il.

C'était la rue la plus ancienne de Los Angeles, et exclusivement mexicaine.

— Bien sûr.

— Vous êtes armé, *amigo*. Vous cherchez des ennuis ?

Bolan le fixa froidement.

— Vous n'avez pas passé toute votre vie dans la rue Alvera, je vois.

— Je reconnais un type armé quand j'en vois un, c'est tout.

Bolan prit une cigarette, la mit entre ses lèvres.

— Les allumettes, vous connaissez aussi ?

Le barman prit une pochette sous le bar et la jeta sur le comptoir. C'était la même pochette que celle que Bolan avait trouvé dans la main de John Royal.

Il alluma sa cigarette, regarda brûler l'allumette jusqu'à en toucher le bout de ses doigts, puis la laissa tomber sur le bar.

— La Moctezuma vous plaît, hein ? Elle est bonne.

La Moctezuma avait un goût de vieux miel auquel on aurait ajouté du mauvais gin.

— Elle est buvable, fit Bolan en allumant une seconde allumette.

— Qu'est-ce que vous faites, *amigo* ?

— Je joue avec le feu.

— Vous cherchez un revendeur ?

— Non, je bois une bière.

Le barman se mit à rigoler et se détourna pour ranger quelques verres lavés. Sans se retourner il demanda :

— Vous êtes d'où ?

— Moi je ne vous ai pas posé de questions, répondit Bolan.

L'autre se remit à rire.

— Qui cherchez-vous ?

— Un barman sourd-muet.

Le barman piqua un véritable fou rire. Lorsqu'il se tourna de nouveau vers Bolan la petite statuette de la Vierge de Guadalupe se trouvait près de la bouteille brune de Moctezuma. Le barman cessa de rire.

— Vous aimez les petites poupées ?

— J'aime les vierges.

Le barman laissa de nouveau échapper son rire, mais il n'avait plus rien de naturel.

— Toutes nos filles sont vierges, pures et fleurent le foin coupé, dit-il. Vous voulez que je vous en trouve une ?

Le regard froid de Bolan le fit taire.

— Il y en a une qui m'intéresse, dit Bolan.

L'œil du barman avait perdu de sa vivacité et son œil était terne.

— Ne bougez, pas, dit-il sèchement.

Il s'éloigna vers la porte du fond.

Bolan attendit qu'il ait refermé la porte puis le suivit.

Il était presqu'arrivé à la porte lorsque celle-ci fut brusquement rouverte par deux Américains armés en bras de chemise.

Il eut juste le temps de deviner une petite

pièce mal meublée dans laquelle le barman s'adressait à une superbe jeune femme blonde qui portait un ensemble en soie dont le pantalon lui moulait les cuisses.

Ce ne fut qu'un coup d'œil.

Les deux types armés brandissaient déjà leur arme. La confrontation occupa la majeure partie de l'esprit de Bolan et il réagit instinctivement comme d'habitude. Le Beretta jaillit de dessous son aisselle et, tendu à bout de bras, aboya sèchement trois fois. Les deux types n'avaient même pas eu le temps d'appuyer sur la détente.

Ils s'affaissèrent comme des masses, giclant le sang et la cervelle, la tête déchiquetée.

La porte se ferma aussitôt.

Bolan bondit par-dessus les deux cadavres et défonça la porte d'un grand coup de pied.

— Je ne suis pas armé, *amigo* !

Le barman se tenait près du mur du fond, les jambes bien écartées, les mains sur la tête, comme si cette attitude lui était naturelle.

Bolan aperçut une belle jambe galbée qui disparaissait par la fenêtre du fond. Il dépassa le barman affolé et suivit la jambe.

Il faisait très sombre dans l'allée derrière la *cantina.* Il vit un mouvement au bout du chemin et se mit à courir, arrivant dans la rue juste à temps pour voir s'éclipser la jeune femme.

Un coup d'œil lui suffit.

Il avait trouvé la Vierge de Guadalupe, alias Martha Canada, aventurière.

Dieu, que c'était déplaisant !

CHAPITRE XV

Bolan décida de donner un peu d'avance à la fille. Les ruelles étroites de la vieille ville étaient remplies de monde. Il y avait suffisamment de touristes et de badauds pour dissimuler Bolan, pas assez pour l'empêcher d'avancer facilement.

La jeune femme paraissait confiante, marchait d'un pas rapide et assuré, jetant un coup d'œil par-dessus l'épaule de temps en temps. Elle fit le tour du quartier puis descendit au *zocalo.* Bolan la vit héler un taxi-attelage près de la Montera puis monter dans la calèche.

Bolan traversa la rue et la suivit à pied, laissant une bonne distance entre lui-même et la calèche.

Cette partie de la ville était bondée d'estivants, de touristes, de vendeurs ambulants et d'arnaqueurs. Les terrasses de café étaient pleines, les *bier-garten* étaient remplis de monde, les pistes de danse à ciel ouvert croulaient sous une masse ondulante, et le golf miniature était bourré de sportifs nocturnes. Un bateau-mouche qui s'appelait *La Fiesta*, traversait la baie en répandant une joyeuse musique à fleur d'eau.

Tout le monde mettait Bolan en désavantage. Il avait perdu du terrain lorsqu'il vit la calèche s'arrêter devant le yacht-club, et la jeune femme blonde descendre.

Il s'approcha rapidement et vit Martha Canada emprunter le chemin des quais entre les nombreux yachts qui y étaient amarrés.

Un jeune Mexicain qui, apparemment, l'attendait, se leva rapidement à son approche et la salua respectueusement. Tous deux montèrent aussitôt dans un dinghy.

Il y avait un yacht blanc ancré à quelques cinquante mètres du quai. La silhouette du navire rappelait celle des sloops classiques de la Nouvelle Angleterre. Le dinghy se dirigea droit dessus. Bolan vit la jeune femme monter à bord, puis il revint jusqu'au bureau du yacht-club.

Il tendit un billet de cinquante pesos à l'officier qui était de garde.

— Je dois retrouver des amis pour une petite soirée, mais je n'arrive pas à trouver leur bateau. C'est le *Mariah.* Je me demandais si vous ne pourriez pas m'aider ?

Le billet disparut à grande allure et l'homme consulta le registre.

— *Si,* dit-il lentement d'une voix pensive. Le *Mariah* est arrivé aujourd'hui de Zihuatenejo. Il est... Ah ! Il est ancré près de la pointe. Je vais vous le montrer...

Bolan l'arrêta d'un geste.

— Ne vous donnez pas cette peine, je le trouverai. C'est bien le yacht de Mr. Brown, n'est-ce pas ?

L'homme regarda Bolan avec incertitude.

— Je ne crois pas, fit-il. Mais non.

Il consultait de nouveau le registre.

— Le *Mariah* appartient au *señor* Cassiopea.

— Ah, alors Brown a dû louer pour la saison.

— Mais je ne vois aucun Brown sur la liste des passagers, monsieur.

— Qui l'a amené ?

— *Señor* Cassiopea lui-même.

Bolan contempla l'officier avec des yeux ronds et surpris.

— Mais quand ?

— A dix-huit heures environ.

— Aujourd'hui ? Cet après-midi ?

— *Si.*

C'était pas mal pour un type qui avait eu le crâne éclaté à quatorze heures sur la terrasse de John Royal.

— Mais je suis sûr qu'il m'a dit le *Mariah*, dit Bolan. Est-ce qu'il y a un *Maria* ?

L'officier examina encore le registre.

— Pas de *Maria*, monsieur.

Bolan poussa un soupir et lui tendit un second billet de cinquante pesos.

— Il m'avait pourtant dit de voir au yacht-club. *Gracias.*

— *Un momento, señor.*

L'officier était un homme intègre. Pour les cinquante pesos de plus, il voulait bien passer un coup de fil.

— Je vais téléphoner à la capitainerie du port.

— Non, ce n'est pas la peine, fit Bolan.

Subitement il se mit à rire, un peu gêné.

— Dites, mon ami Brown ne serait pas membre d'équipage sur le *Mariah*, par hasard ?

Encore une fois l'officier prit le registre.

— Pas de Brown dans l'équipage, monsieur.

Bolan suivit du regard le doigt de l'officier qui suivait la liste des noms. Il ne pouvait pas les lire à l'envers, mais ce n'était pas grave étant donné qu'il s'agissait sûrement de noms d'emprunt, mais il voulait surtout savoir combien de personnes se trouvaient à bord. Il en compta quatre.

— Quel est son port d'attache ? demanda-t-il.

— Long Beach en Californie.

— Alors ce n'est pas le *Mariah* que je cherche, fit Bolan d'une voix pleine de regrets. *Gracias* encore.

Il quitta le bureau du yacht-club en se posant des questions, car il en avait très peu appris.

Le gouvernement mexicain tolérait mal les vaisseaux étrangers qui n'étaient pas en règle. Il y avait un protocole administratif et bureaucratique qui voulait qu'un bateau quitte un port avec un équipage et qu'il arrive au port suivant avec ce même équipage. Sinon le bateau était saisi par le garde-côte en attendant que la justice rétablisse l'ordre.

Il n'y avait pas de risque que l'officier de service se soit permis de rajouter ou de supprimer un nom de la liste. S'il y avait quatre noms sur la liste des hommes d'équipage, il était pour ainsi dire sûr qu'il y avait quatre hommes à bord.

Mais qui ? Et pourquoi étaient-ils allés à Zihuatenejo, ce petit port de pêcheurs qui se trouvait à cent cinquante kilomètres au nord ?

Cassiopea s'était apparemment arrangé pour

que le *Mariah* jette l'ancre dans la baie à une heure déterminée, et que son nom figure parmi ceux des passagers.

Pour quoi faire ?

Il n'y avait rien dans son passé qui indiquait une attirance pour la mer et les yachts de plaisance. Bolan n'avait jamais entendu parler du *Mariah* auparavant.

Martha Canada aurait sans doute pu répondre à certaines questions.

Que se passait-il ?

Bolan héla un taxi et retourna au *zocalo* où il récupéra sa voiture de location. Ensuite il revint se garer près des quais où il se mit à surveiller le yacht nommé *Mariah.*

Il s'arma de patience car il lui fallait des réponses.

***

Durant sa longue veille près de la baie, Bolan ne trouva aucun réconfort dans ses sombres pensées. Bolan était un dur, un réaliste, mais comme tout le monde, il avait besoin d'un minimum d'optimisme. Il n'aimait pas du tout le choc qu'avait reçu son image idéalisée de la femme américaine.

La belle Martha était plongée dans la fange jusqu'à son joli cou de cygne. Si ses soupçons étaient exacts, c'était bel et bien elle qui avait provoqué la mort de John Royal, sans parler de la disparition des six filles.

Mis à part ce meurtre brutal, il y avait une odeur de duplicité et de trahison qui était parfaitement insupportable.

Il avait été attiré par la jeune femme, et il n'avait aucune envie de croire ce qui lui paraissait pourtant évident.

John Royal avait été un homme faible, mais on ne pouvait guère lui reprocher davantage. Il ne méritait pas de finir de cette façon, surtout s'il avait été assassiné par celle qu'il avait voulu sauver.

Bolan croyait à l'innocence de Spielke parce que c'était logique. Et si Spielke n'avait pas commandé ce meurtre et si Martha Canada fréquentait des drôles de types...

Le réseau de call-girls n'était pas l'affaire de Spielke, encore moins celle de John Royal trop gentil et débonnaire. Etait-il pensable que ce « business » soit dirigé par une blonde superbe aux grands yeux bleus ? La Vierge de Guadalupe si froide et cruelle qu'elle avait froidement fait sauter la tête de John Royal ficelé comme un rôti à ses pieds.

C'était possible. Probable même.

Martha Canada ne s'était jamais montrée particulièrement chaleureuse envers Bolan, mais elle était devenue franchement hostile dès leur arrivée chez John Royal.

Etait-ce une coïncidence ? Sûrement pas, surtout si elle savait qu'il y avait des micros dans tous les coins. Elle avait dû parler en pensant à ceux qui pouvaient l'entendre.

Avait-elle réellement pris le tranquillisant ? Probablement pas, c'est si facile de faire semblant. Combien de temps avait-elle passé seule dans la villa ? Trente à quarante minutes à partir du moment où Bolan et Royal étaient partis à l'aéroport jusqu'au moment où Royal en était revenu avec les filles. Quelle embuscade les avait attendus ? Et surtout pourquoi ?

Bolan lui avait dit :

— J'ai besoin de votre aide.

Et John Royal n'avait pas hésité une seconde. Il avait répondu :

— Vous l'avez.

Les pensées de Mack Bolan étaient bien sombres.

Durant les deux heures que Bolan passa à surveiller le yacht, il vit plusieurs fois le dinghy effectuer des aller-retour, transportant à chaque fois un ou plusieurs hommes. Etait-ce une conférence de conspirateurs ?

Bolan scruta chaque visage et classa les personnages dans ses souvenirs.

Enfin Martha quitta le yacht, calme et détendue, et monta dans un taxi. Bolan sourit amèrement lorsqu'il comprit où elle allait. Le taxi s'arrêta dans le parking de l'*Hôtel Las Brisas*, et la jeune femme en descendit puis se rendit dans la *casita* que Bolan connaissait bien. Il en avait payé le loyer jusqu'à la fin de la semaine. C'était la sienne.

Extrêmement intéressant. Attristant, mais intéressant.

Sa patience s'était avérée payante. Il ne lui restait plus qu'à parler à Leo Turrin pour confirmer les derniers doutes.

Ensuite ce serait le commencement de la fin.

CHAPITRE XVI

Bolan composa le numéro international avec quelques minutes de retard, mais obtint aussitôt Leo Turrin.

— C'est la voix du sud, dit Bolan. Qu'est-ce que tu as appris ?

— Je ne sais pas exactement, répondit Turrin d'une voix fatiguée. J'ai l'impression que plus j'en sais, moins je comprends. Ça aura peut-être plus de sens pour toi. As-tu une idée de ce que pourraient faire plusieurs grandes équipes de chasseurs de têtes dans une région qui s'appelle Oaxaca ?

— Ça dépend. Qui les a envoyées ? Et pour chasser qui ?

— Elles sont parties de New York et elles chassent du gros gibier.

— Sur la Costa Chica peut-être ? suggéra Bolan.

— C'est là que se trouvent les Mexicains de l'opposition ?

— Plus ou moins, oui.

— Alors c'est cette région-là.

— Je vois, fit Bolan. Combien sont-ils ?

— Trois équipes de cinquante hommes chacune.

Bolan émit un petit sifflement.

— Dis donc ! Bien organisés, je vois. Des guides indigènes et tout et tout ?

— Exactement, confirma Turrin. D'après ce que j'ai compris, cet endroit se trouve à quelques heures d'Acapulco, encore moins si on dispose d'hélicoptères. Tu y comprends quelque chose ?

— Et que dit-on de ton côté ? demanda Bolan.

— D'après les rumeurs, les gars ne vont pas rigoler. Ce n'est pas comme les autres qui sont partis à la pêche.

— Quels autres ?

— Les pêcheurs.

— Il y a de ceux-là aussi ?

— Oui, quatre bateaux éparpillés un peu partout le long de la côte. Le nom des endroits ne me dit rien du tout. Il y a un bateau à Puerto Escondido, un autre à Puerto Angel, un autre à Salina Cruz et un dernier à... Je ne sais pas comment le prononcer...

— Zihuatenejo ? demanda Bolan.

— Ça doit être ça. Mais comment le savais-tu ?

— Ce bateau est déjà arrivé à Acapulco et se trouve ancré dans la baie.

— Bon, alors les autres ont dû se ramener aussi. Mais je n'ai aucune idée de l'heure à laquelle ils vont passer aux actes.

— Si je comprends bien, ces équipes savent comment communiquer entre elles ?

— Elles sont très au point, crois-moi.

— O.K. Rien d'autre ?

— Ça te sert un peu ce que j'ai déjà trouvé ?

— Plus que tu ne le penses, fit Bolan.

— Bon, autre chose. Le grand esprit blanc est fâché contre toi.

— C'est navrant, dit Bolan.

— Il prétend que tu te trouves dans une région très sensible, et il suggère que tu en partes au plus vite.

— Tu lui diras que je suis un peu coincé pour l'instant, gronda Bolan.

— C'est à toi d'en décider. Il m'a demandé de te passer le mot, c'est fait. Et c'est tout. Oublie donc.

— J'ai déjà oublié. Mais dis au grand esprit blanc que je respecte ses diktats. Surtout quand je ne suis pas obligé de mourir pour les respecter.

— Bien sûr, il comprendra. Il gueulera mais il comprendra. Au fait, je me suis payé un bide avec ton histoire de vierge. Mais j'ai entendu autre chose.

— Je t'écoute.

— L'oiseau blanc s'est mis en rapport avec quelqu'un au State Department. Je l'ai appris grâce à un agent qui se trouvait à Washington. Je n'en sais pas davantage.

— C'est une brigade spéciale ?

— Sûrement, mais je n'ai pas pu en savoir plus.

— D'accord. Mais le message a bien été transmis à dix-sept heures, heure mexicaine.

— Oui. L'oiseau noir maintenant. Le message est arrivé directement à New York. J'ai parlé au type qui l'a reçu. Le message a été transmis d'un bateau en mer.

— C'est follement romantique, ironisa Bolan.

— Oui, par radio internationale.

— O.K. Merci, vieux. Ça commence à devenir plus clair. Dis-moi, est-ce que tu crois que les limiers ont engagé des mercenaires ?

Il voulait dire : est-ce que les agents du FBI ont engagé des indicateurs indigènes ?

— Des étrangers ?

— Etrangers ou autres, dit Bolan. Je n'arrive pas à croire que c'est une opération montée par ces gens-là. J'ai besoin de le savoir sinon je suis handicapé. Qu'en penses-tu ?

— Sûrement des mercenaires, dit Turrin.

— Ça paraît logique, dit Bolan. Au fait, j'ai perdu six filles ici.

La voix de Turrin était perplexe.

— Je ne savais pas que tu avais eu le temps de penser à ça.

— Elles ont disparu, mais pas de leur plein gré.

— Je vois. Six, tu dis ?

— La demi-douzaine.

— Tu n'y vas pas de main morte. Mais je n'ai rien entendu à leur sujet. Je peux essayer d'apprendre quelque chose. On ne parle pas beaucoup des filles par ici, c'est trop vulgaire, mais je peux essayer.

— Non, ce n'est pas la peine. J'ai déjà trop à faire. Est-ce que tu connais un type qui s'appelle John Royal ?

— Qui ne le connait pas ?

— Il fait partie du passé.

— Quoi ! C'est vrai. Tu étais là ?

— Non, mais quelqu'un a essayé de me faire endosser le coup.

Bolan soupira.

— Mais qu'est-ce qui se passe là-bas ! s'écria Turrin furieux.

— Je n'ai pas assez de temps pour tout te

raconter, ça prendrait des heures. Est-ce que tu as appris qui écoute Spielke ?

— On m'a confirmé ce que tu m'as dit, mais le plus incroyable c'est que tout le monde l'écoute. Noirs et blancs. Va donc comprendre... J'ai l'impression que ça va drôlement chauffer dans ton coin.

— Ça, c'est sûr.

— Ne t'approche pas trop des flammes, vieux.

— Ce n'est pas mon style, tu le sais bien, fit Bolan en raccrochant doucement.

Mais Turrin avait raison. Ça allait chauffer.

CHAPITRE XVII

Bolan avait enfilé la combinaison de combat noire qui était devenue une sorte de symbole. Le holster était noir ainsi que son arme favorite, un Beretta automatique qui utilisait du 9mm Parabellum. Il s'était aussi noirci les mains et le visage et se confondait complètement avec la nuit.

Il abandonna tout le reste de son équipement dans la voiture et disparut dans l'obscurité, une ombre parmi les ombres. La lune s'était cachée derrière les montagnes et les étoiles scintillaient faiblement à travers les nuages légers qui entouraient les pics.

Il était deux heures du matin. Il n'y avait personne dans les rues près du port, tout était calme. Parfois des voix et des rires se laissaient deviner de l'autre côté de la baie, et rebondissaient à la surface de l'eau comme un galet. De petites vagues caressaient la coque des bateaux amarrés, rythme doux et éternel.

Bolan se laissa glisser dans l'eau et nagea doucement jusqu'au *Mariah*. Il s'accrocha à la chaîne de l'ancre, colla l'oreille au flanc du yacht pour entendre tout ce qui se passait dans ce minuscule univers, longea la coque jusqu'à l'arrière. Il n'y avait aucun bruit à l'intérieur, aucune lumière, mais il était impossible qu'il n'y ait personne à bord.

Il aperçut quelqu'un sur le pont arrière. Un homme était allongé en plein air, un oreiller sous la tête. Il avait une jambe pliée et il tapotait sur son genou comme l'accompagnement d'une mélodie qu'il était seul à entendre.

Bolan l'attaqua par derrière, se hissant rapidement hors de l'eau, brandissant un garrot en nylon. Il accrocha l'homme par le cou, le traîna à la renverse tandis qu'il se laissait retomber dans l'eau sans une seule éclaboussure. Il serra le temps nécessaire puis relâcha le mort qui coula à pic. Il récupéra le garrot puis grimpa silencieusement sur le pont.

Il trouva l'écoutille ouverte. Il s'allongea sur le pont, pencha la tête dans le noir à l'intérieur. Il attendit que ses yeux se fussent habitués à l'obscurité, et écouta attentivement.

Pendant une minute il n'entendit que le bruit d'une lente respiration et le mouvement d'un bras ou d'une jambe. Enfin ses yeux commencèrent à distinguer des formes dans le noir. Il découvrit un petit fourneau juste en-dessous sur la droite et une couchette sur la gauche le long de la cloison. Un peu plus loin une seconde masse se transforma aussi en couchette et ensuite il distingua une cloison transversale. Au-delà il y avait sûrement une petite cabine.

Il se laissa glisser jusqu'à la taille puis effectua un petit redressement et tomba légèrement sur ses pieds. Le garrot trouva tout de suite le cou de sa seconde victime qui dormait sur la couchette la plus proche du fourneau. L'homme mourut dans l'obscurité et ne fit pas le moindre bruit.

Le suivant n'essaya même pas de lutter. Ses yeux se révulsèrent et il s'endormit pour l'éternité sans faire un geste de protestation.

Bolan entra dans la petite cuisine, trouva une allumette qu'il fit craquer, puis alluma une lampe qui était accrochée sur la cloison.

Il se tint immobile dans le silence, attendant que ses yeux s'habituent à la lumière blanche et crue de la lampe.

La petite cabine à l'avant avait une porte

coulissante qui était restée ouverte afin de laisser circuler la brise marine. Le plancher y était surélevé d'une quarantaine de centimètres par rapport au plancher de la grande cabine. Il y avait un pied nu près de l'écoutille ouverte. Le pied tressaillit et une voix endormie mais furieuse se fit entendre :

— Qu'est-ce que vous foutez avec cette lampe ? Ne me dites pas qu'il est déjà quatre heures !

Bolan avança, saisit l'homme par la cheville et tira de toutes ses forces. L'homme tomba directement dans la cabine principale, sur les fesses, et en eut le souffle coupé. Il poussa un hurlement de rage. Bolan recula d'un pas, sortit le Beretta et vissa le silencieux, qu'il avait lui-même confectionné, au bout du canon.

— Je vais te tuer, hurla l'homme hors de lui.

Il ignorait encore à qui il avait affaire. C'était un homme d'une trentaine d'années, le torse couvert de poils noirs scintillants de sueur. Il était solidement bâti et ne portait qu'un slip.

Il s'était mis à genoux et, sur le point de casser la figure du mauvais plaisant qui lui avait joué ce sale tour, il prit conscience de la silhouette du grand type en noir. Ensuite son regard tomba sur le cadavre dans la couchette

Une petite médaille tomba devant lui près de son genou et tinta sur le plancher.

— Tu as le choix, lui dit Bolan d'une voix de glace.

L'homme respira à fond puis vida lentement ses poumons.

Le choix, bien sûr.

La vie ou la mort, c'en est un, après tout. Le simple fait qu'il soit en vie, à genoux devant Mack l'Exécuteur, prouvait bien qu'il avait encore le choix.

Il fixa ses mains, poussa de nouveau un long soupir, puis se laissa retomber sur les fesses.

— D'accord, fit-il avec simplicité.

— Je ne suis pas procureur et je ne suis pas flic, lui dit Bolan. Mais j'ai une bonne oreille quand il s'agit d'entendre la vérité. Dès que tu me mentiras, la trêve sera finie et tu seras mort. Réfléchis bien à ce que tu vas me dire, il n'y aura pas de « Ah, j'avais oublié » ou d'autres faux tuyaux. Je t'écoute.

L'homme avait choisi de vivre.

— Je m'appelle Renato. Peter Renato. Je suis entré dans la famille de Mike Talifero. Feu Mike Talifero, grâce à vous. Vous voulez savoir ce qui se passe ? Je vais vous le dire. Les capos de la *Commissione* savent que personne ne peut gouverner le Mexique aussi bien que Max. Ils ont besoin de lui. Mais Max se comporte d'une manière trop indépendante. Il agit comme s'il n'avait pas besoin de la *Commissione*. C'est de plus en plus difficile de négocier avec lui. La *Commissione* nous a donné l'ordre de le ramener à la raison. Nous devions réduire son importance et l'obliger à se plier aux exigences de la *Commissione*.

— Autrement dit, vous deviez raser le royaume tout en laissant vivre le roi.

— Exactement.

— Mais ça a foiré.

— A cause de vous, oui. Vous êtes arrivé au plus mauvais moment. Max a paniqué. Il a ameuté son armée, c'est une véritable forteresse là-haut. Il n'y a plus que des femmes et des enfants dans ce village de cambrousse.

— C'est dommage.

— C'est bien ce qu'on s'est dit.

— Alors vous patientiez. Pour combien de temps ?

L'homme haussa les épaules.

— Ce n'est pas moi qui décide de ces choses-là. Jusqu'à ce que l'armée de Max retourne au village.

— Pour que vous puissiez leur tomber dessus quand ils sont avec leurs femmes et leurs enfants.

L'homme haussa encore les épaules.

— Pourquoi avoir tué John Royal ? demanda Bolan.

— Je n'en ai aucune idée. Probablement un cafouillage.

— Le cafouillage de qui ?

— Je vous jure que je n'en sais rien. Ça s'est fait avant mon arrivée. Je n'ai pas posé de question. Personne ne m'a rien dit.

— Ça ne te plaît pas tellement de recevoir les ordres d'une femme, hein ?

L'homme fixa Bolan d'un regard pénible mais franc.

— Non, pas tellement. Mais je fais ce que je dois faire, c'est tout.

Il y avait des limites à ne pas franchir durant ces trêves. Bolan savait qu'il ne fallait pas passer outre. Ainsi il apprenait davantage. Certains hommes préféraient la mort plutôt que de s'humilier ou de violer leur propre code de l'honneur. Peter Renato en était arrivé à ses limites.

— Va te coucher, Renato, gronda Bolan. A l'aube tes ennuis seront tous finis. Si tu tiens à vivre, tu feras ce que je te dis.

— Maman n'a pas accouché d'un imbécile, répondit tranquillement Renato.

Il fit un signe presque amical à Bolan, rentra dans la petite cabine et fit coulisser la porte.

Bolan éteignit la lampe puis resta immobile quelques instants dans l'obscurité avant de quitter le yacht.

Il ne savait pas tout, mais il était quand même plus avancé.

Au moins savait-il par où il fallait commencer.

CHAPITRE XIIX

— Je ne t'ai pas réveillé, Max ?

— Tu parles, gronda Spielke. Je t'avais pourtant demandé de me foutre la paix, Bolan.

— On a fait un marché, Max, et j'essaye de m'y tenir. Ne me rends pas la tâche plus difficile.

Max Spielke soupira lentement dans le téléphone.

— Qu'est-ce qui se passe, Bolan ?

— Ça me prendrait trop longtemps à expliquer, mais je veux modifier certaines clauses de notre marché. Tu dois partir. Tu dois quitter le Mexique. A mon avis, tu te plairais à Rio. Tu devrais t'y sentir chez toi.

— T'es vraiment dingue, dit Spielke d'une voix dégoûtée.

— Je croyais que nous nous comprenions, fit ironiquement Bolan. Je pensais que tu me croyais quand je disais quelque chose. Tu peux me croire, Max.

— Monsieur est infaillible ?

— Pas du tout, mais je sais de quoi je parle. Je t'affirme que je ne pourrai respecter notre marché que si tu quittes le pays. Je ne peux pas être plus clair.

— Essaye, suggéra Spielke.

— La *Commissione* a décidé de te posséder.

Spielke se mit à rire avec amertume.

— Ils peuvent toujours essayer.

— Ils s'y sont déjà mis.

— Je suis prêt. Je les attends.

— Tu n'as pas compris, Max. Ils vont détruire ton royaume, pas toi. Ils te veulent en place, mais soumis comme une marionnette. Ils veulent tirer les ficelles. Te faire lever le bras, te faire basculer pour une séance de lèche-cul. Tu comprends ?

Spielke se remit à rire, mais il manquait d'assurance.

— Trop gentil de me prévenir.

— Ce n'est pas que je sois fou de toi, Max, mais ta situation m'inquiète. Je ne peux pas te laisser en place si tu deviens l'homme de la *Commissione*. Il faudra que je te supprime. Une fois qu'ils t'auront à leur botte, ce sera trop difficile. Je dois le faire ce soir à moins que tu ne partes.

Bolan s'attendait à une réplique cinglante, Spielke le surprit.

— Tu es vraiment sérieux, n'est-ce pas ?

— Oui, Max. Très sérieux.

— Ils veulent faire de moi une marionnette ?

— Ils vont y arriver. Je vais t'apprendre quelque chose, Max. Il y a trois groupes de chasseurs de têtes qui se trouvent dans le veld — une véritable machine de guerre, outillée et équipée pour le massacre. Le village est encerclé et à leur merci. D'autres groupes se tiennent à divers endroits de la côte, prêts à envahir et investir ton territoire. Ils sont mieux armés que toi, et mieux placés. Je suis soldat, je sais de quoi je parle. Ils te tiennent, Max, et pas par la barbichette. S'ils serrent le poing tu seras plié en deux.

— Comment savoir si tu... ? Enfin, qu'est-ce qui me prouve... ?

— Je ne raconte pas de bobards. Je croyais te l'avoir prouvé cet après-midi.

— D'accord, disons que je te crois. Eh bien, qu'ils mettent le veld à feu et à sang, je n'en ai rien à foutre. Tu as vu les hommes que j'ai ici. Personne ne pourra prendre ma forteresse.

— Tu crois ? fit Bolan. Réfléchis donc. Les hommes de la *Commissione* peuvent attendre, rien ne les presse. C'est ce qu'ils font en ce moment. Tu te serais fait prendre ce soir si je n'étais pas arrivé, et si je n'avais pas modifié la situation. Sinon ton armée serait dans son village, à la merci des groupes, ainsi que les femmes et les enfants. Tu te serais réveillé demain matin avec une nouvelle garde impériale dans la villa. Ficelé comme les copains. Mets-toi à leur place, Max. Qu'est-ce que tu ferais ? Est-ce que tu t'obstinerais à prendre une villa en armes, ou est-ce que tu prendrais un village sans défense pour rançonner les familles, les otages ? Pense aux types qui déserteraient. Tu crois vraiment que tes Indiens et que tes *metizos* vont rester en place quand la vie des leurs sera en jeu ?

— Oh ! merde, murmura doucement Spielke.

— Ils sont plus forts que toi, ça ne fait aucun doute. Alors tu comprendras que je doive m'assurer de la situation. Ils vont te coincer, c'est une certitude. Ou bien tu pars, ou bien je te descends. Essaye de comprendre.

— Va te faire foutre !

— D'accord, mais je voulais t'en parler auparavant. Au fait, as-tu trouvé les micros ?

— Va te faire... Ah oui. Quelques-uns. Et alors ?

— Comment crois-tu qu'ils aient été installés ? Où était Too Bad Paul ce soir ?

— Ici.

— Tu parles. Demande-lui ce qu'il pense d'un certain yacht qui s'appelle le *Mariah*, et de... Peter Renato.

— Qu'est-ce que tu racontes ?

Bolan soupira longuement.

— Tu me surprends, Max. Comment peut-on être le capo de tout le Mexique en étant si naïf ? Tu imagines que je sois le seul à Acapulco qui refuse de prendre des risques ? Ne lui en veux pas. Mais tu pourrais lui demander ce qu'il fait à la *Cantina Lola*. Je crois que ça a été leur QG depuis quelques mois.

— Ça fait si longtemps que ça se prépare ? demanda Spielke d'une voix mourante.

— Sûrement plus. Tu n'es pas né d'hier, Max. Tu sais que ça prend longtemps à organiser une prise du pouvoir. Les rencontres en douce, le marchandage, les offres qu'on ne peut pas refuser. Tu sais ce que je veux dire.

Spielke savait.

— Tu crois que je devrais foutre le camp, hein ? Eh bien, je vais te dire un truc. Il n'en est même pas question. Et ne te mets pas en tête de me forcer la main, toi non plus, Bolan.

— Notre marché ne tient plus, Max, fit Bolan en raccrochant.

Bolan consulta son chrono à quartz et décida qu'il était temps d'aller faire un tour à l'*Hôtel Las Brisas*.

CHAPITRE XIX

Rien ne bougeait sur les terrasses de la colline, la nuit était sereine. Il n'y avait aucune lumière aux fenêtres, et la seule illumination des jardins venait des petites lanternes qui bordaient les chemins menant aux *casitas*.

Bolan traversa les buissons et les haies, s'approcha de la *casita*, essaya de voir à l'intérieur. Mais les rideaux étaient tirés. Seule la chambre était légèrement éclairée.

Il fit le tour et ouvrit la porte avec sa clef. Il entra silencieusement dans le salon. Il y faisait noir, la pièce était vide.

La porte de la chambre était fermée, mais une musique mexicaine filtrait à travers la cloison. Sûrement la radio près du lit.

Il traversa la pièce sur la pointe des pieds et ouvrit doucement la porte de la chambre.

Il y avait une lampe allumée sur la table de chevet.

Martha Canada était allongée sur le lit, deux oreillers sous la tête, un fruit tropical dans une main, les yeux fermés. Elle était complètement nue.

Extraordinairement belle

La porte de la salle de bains était fermée, aucune lumière ne filtrait en dessous; pourtant l'eau de la douche coulait à grand bruit.

Bolan entra dans la chambre repoussant la porte derrière lui. La serrure fit un petit bruit métallique.

Elle ouvrit subitement les yeux et le fixa d'un air affolé, l'examinant longuement. Elle se redressa, posa les pieds sur le carrelage, laissa tomber le fruit qu'elle tenait, et tendit les bras pour accueillir Bolan.

— J'avais peur que vous ne me cherchiez pas ici, fit-elle d'une voix rauque.

Bolan resta planté sur place.

— Vraiment ? dit-il.

— Quel déguisement fabuleux, s'extasia-telle. Incroyable !

Elle fit semblant de se rendre subitement compte de sa nudité.

— Oh, je ne vous gêne pas, j'espère.

— Pas du tout, mais tu devrais fermer la douche.

— Je me suis déjà lavée, fit-elle en caressant

suggestivement son corps. Laisse couler l'eau, le robinet est coincé.

Elle caressa le lit.

— Viens, raconte-moi ce que tu as fait ce soir.

Il aperçut l'Auto-Mag sur le carrelage près du lit, enveloppé dans le holster et le ceinturon.

Il s'approcha, ramassa la grosse arme, tira sur la culasse puis la remit dans le holster et partit la poser sur la commode.

— Merci d'avoir récupéré mon pistolet, dit-il doucement.

— Je pensais que tu l'avais laissé pour moi. J'étais terrorisée, Mack. J'avais vraiment très peur.

Bolan répondit lentement d'une voix dénuée de toute amitié :

— Je n'en doute pas.

— Tu es fâché contre moi. Pourquoi ?

Elle tapota le lit.

— Faisons la paix, suggéra-t-elle.

— Après, dit-il. Où étais-tu quand Johnny s'est fait tuer ?

Elle baissa pudiquement son beau regard.

— C'était horrible. J'étais.. j'étais.. je n'arrive pas à en parler, Mack.

Elle leva les yeux, fixant sur lui un regard implorant.

— Fais un effort, cracha Bolan. Il faut que je le sache.

Elle se redressa un peu, se recroquevilla sur elle-même comme si elle avait froid d'un seul coup.

— J'étais dehors, près de la piscine. Je veux dire, quand les hommes sont venus. Je me suis cachée sous le plongeoir jusqu'à leur départ. Puis je... puis je suis rentrée... j'ai vu John Royal comme ça. J'ai paniqué, je me suis enfuie. Oh, Mack, j'avais tant besoin de toi... j'avais si peur...

— Tu t'es cachée dans l'eau, tu dis ?

— C'était... l'endroit le plus sûr, il me semblait...

— Quelle heure était-il ?

— Heu... environ... je ne sais pas. Je me suis réveillée très déprimée. Très en dehors du coup. C'était l'effet du tranquillisant. Il semblait que j'étais toute seule. J'ai pensé qu'un peu d'eau fraîche me secourait. Alors je me suis baignée...

— Et tu as trouvé mon pistolet en ressortant de l'eau, comme ça.

— Oui.

— Puis tu es venue directement ici ?

— Oui.

— Tu n'es pas allée en ville t'acheter un joli ensemble en soie, d'abord ? Tu n'es jamais allée dans le quartier des bordels à la *Cantina Lola* ? Et tu n'as jamais mis les pieds sur le *Mariah* pour rencontrer des hommes de la Mafia ?

Elle le considéra d'un œil limpide, le bon Dieu sans confession, l'innocence faite femme.

— Je ne comprends pas ce que tu me dis. Je te l'ai dit. Je suis venue ici où j'espérais te retrouver. Ou du moins que tu viendrais m'y chercher.

Elle était presque irrésistible, et Bolan avait du mal à croire l'indéniable.

Il s'approcha de la porte de la salle de bains et l'entrouvrit. Il n'y avait pas de lumière, seulement un petit tas de serviettes humides près de l'entrée.

Il alluma puis entra.

Tout à coup Martha Canada ne lui paraissait plus irrésistible.

— Oh non, murmura-t-il en jetant un regard par-dessus l'épaule vers la jeune femme qui était toujours allongée sur son lit.

Il y avait une autre blonde dans la salle de bains, superbe elle aussi, toute nue et mal en point.

Elle était allongée au fond de la baignoire, les jambes ficelées en hauteur et attachées à la robinetterie de la douche, les mains liées derrière le dos. Le bouchon n'était pas mis, mais la douche coulait à grands jets et la baignoire se remplissait inexorablement. Le jet d'eau froide lui tambourinait le visage et l'obligeait à garder les yeux fermés. Quelqu'un avait réglé le pommeau de la douche avec précision.

Elle était très affaiblie par la masse d'eau qu'elle avait reçue dans la figure depuis Dieu sait quand, le niveau de la baignoire ayant atteint son visage. Plus que le nez hors de l'eau.

Bolan ferma le robinet et trancha le fil qui l'attachait à la robinetterie, puis il la souleva doucement et la posa sur le sol pour lui défaire les mains. Un bas de soie roulé en boule lui avait été enfoncé dans la bouche et tenu en place par le second bas.

Elle était à moitié évanouie mais elle savait où elle était, et ce qui s'était passé. Bolan lui frotta le corps pour faire revenir la circulation puis la fit rouler sur le côté pour voir si elle respirait normalement.

— Ne bouge pas, fit-il. Je reviens tout de suite.

Martha Canada se tenait près de la commode, le gros Auto-Mag dans les mains. Elle le visait. Les jambes écartées et légèrement pliées, elle avait adopté la position que l'on apprend dans les exercices de tir.

Mais l'Auto-Mag était une arme faite exclusivement pour une poigne d'homme, et encore un homme d'une certaine taille. Ce n'était pas une arme pour une femme parce que la crosse était trop importante, et qu'une main de femme n'était ni suffisamment grande ni assez solide pour soutenir le choc effroyable du recul de l'arme.

Bolan le savait, mais il savait aussi qu'elle avait de bonnes chances de le tuer à cette distance.

— Pourquoi, Martha ? demanda-t-il doucement. Tu aurais pu tout avoir, et tu avais tout pour toi. Pourquoi avoir gâché ta chance ?

L'Auto-Mag tonna et se cabra en même temps. La jeune femme vacilla sous le choc. La grosse balle arracha un morceau du carrelage devant Bolan, à un mètre sur sa gauche.

— Ce n'est pas facile quand on est à trois mètres, n'est-ce pas ? Viens poser le canon contre ma tempe, comme tu l'as fait à John Royal.

Elle tira alors une seconde fois sans obtenir de meilleurs résultats, puis se lança vers lui avec un cri de rage.

Le Beretta toussa doucement, presque à regret. La balle l'atteignit à mi-parcours, juste entre les yeux et le beau visage se scinda en deux. Elle fut rejetée en arrière et plaquée sur le dos, nue et défigurée.

L'Auto-Mag continua seul la course de la

jeune femme, et rebondit contre le mur derrière Bolan.

Bolan posa un genou au sol, ramassa la grosse arme et resta, comme ça, immobile un long moment. Il poussa un soupir; enfin il se releva, comme anéanti par la fatigue.

Il en avait assez, il était atteint jusqu'à l'âme.

Autant pour l'idéalisation de la femme. En avant l'égalité des sexes.

L'autre jeune femme était à moitié sortie de la salle de bains et s'accrochait faiblement au chambranle de la porte.

— La salope ! cracha-t-elle avec venin. Putain de salope !

— Plus maintenant, observa Bolan.

Il la contempla d'un œil sombre.

— Qui es-tu, toi ? demanda-t-il.

— Angie Greene, répondit-elle encore furieuse. Je suis un agent du FBI, Bolan, alors bas les pattes.

Il lui sourit doucement.

— Voilà qui est dit, fit-il à voix basse.

CHAPITRE XX

— D'accord, j'ai un peu menti, annonça la jeune femme encore affaiblie. Je ne suis pas vraiment un agent, mais je fais des rapports.

— Un indic, quoi, dit Bolan.

— Appelle ça comme tu voudras. Je travaille pour gagner ma vie, comme tout le monde.

— Tu gagnais ta vie en t'associant avec John Royal.

— Oui. Et cette ignoble putain s'est trompée. Elle croyait que c'était John qui travaillait pour le FBI.

— Mais c'est toi qui as fini dans le bain.

Elle fit la grimace.

— Disons que je prends mon travail trop au sérieux, fit-elle en haussant délicatement les épaules. Ou que je prenais John trop au sérieux. Qui sait ? Il nous a fait quitter l'aéroport, mais quand nous étions sur le chemin de la villa il a arrêté la voiture. Il a dit que c'était trop dangereux de nous ramener chez lui. C'était un type bien, tu sais, vraiment bien. Il est descendu un peu avant d'arriver à la villa et il nous a dit de filer jusqu'à Mexico, d'abandonner la voiture et de prendre le premier vol en partance pour les Etats-Unis. Les autres filles ont fait exactement ce qu'il a dit. J'ai commencé à faire comme elles. Mais après que nous ayons fait un kilomètre, je suis descendue de la voiture et je suis revenue à pied pour découvrir l'enfer.

— Ils avaient attendu John, dit Bolan.

— Oui. Juste après mon arrivée, le pauvre Carlos est revenu. Ils l'ont emmené dehors et je ne l'ai jamais revu.

— Carlos était.. ?

— Le valet à mi-temps.

— Ils l'ont noyé dans la piscine, lui dit Bolan.

— La *salope* ! cracha-t-elle.

— Martha était le cerveau de l'opération n'est-ce pas ?

— Ça me paraît assez évident. Cassiopea travaillait pour *elle* ! Ça ne te choque pas ? Elle était son contrôle pour la *Commissione*. Cassiopea n'était qu'un homme de paille, et une tante par-dessus le marché.

— C'est assez étonnant, dit Bolan.

— Surtout pour la Mafia. Les capos sont les

rois du chauvinisme masculin. Mais il souffle un vent nouveau dans notre pays. Tu ne l'avais pas remarqué ?

Si, Bolan l'avait remarqué. Les femmes égalaient les hommes dans tous les domaines, même celui de la pourriture.

— C'est une arme à double tranchant, marmonna-t-il.

— C'est bien ou mauvais, ça ? demanda-t-elle d'une voix ironique.

— Dans ton cas c'est bien, répondit Bolan. Le FBI devrait faire de toi un agent à plein temps. Dis à tes chefs que c'est moi qui l'ai suggéré. Tu as signalé ma présence à Acapulco une bonne heure avant que la Mafia ait été alertée.

— Qu'est-ce que tu veux dire ?

— Tu as bien signalé ma présence à tes chefs, non ?

— Oui, bien sûr. Pour le bien que ça a fait... je veux dire...

Elle lui sourit largement, amicalement.

— Ce n'est pas personnel, tu sais, fit-elle.

Il poussa un soupir.

— Rien n'est jamais personnel, Angie. C'est peut-être bien dommage. Mais si tu n'avais pas envoyé le signalement, je n'aurais jamais su que c'était ta copine la coupable. Je pensais que c'était elle qui jouait ton rôle. Mais il y avait une question de temps qui ne collait pas. Il lui aurait été tout à fait impossible de donner l'alerte avant dix-huit heures. Et c'est à exactement dix-huit heures que la Mafia a su que j'étais là. Ça ne m'a pas facilité la vie.

— Tu dois avoir un bon indic aussi, observa la jeune femme.

— Le meilleur qui soit, dit Bolan en lui souriant doucement. Mais pourquoi ne lui as-tu pas dit ce qu'elle voulait savoir ?

— Non seulement je lui ai dit tout ce que je savais, mais j'ai inventé des trucs pour la faire mousser tellement j'avais la frousse. Quelle salope ! Je crois que ça l'excitait de m'attacher comme ça.

— Femme aventurière, dit doucement Bolan.

— Tu l'aimais bien, n'est-ce pas ?

— Un peu. Pour un petit moment.

— Je suis désolée.

— Moi aussi, dit Bolan.

Il lui donna un léger baiser sur le front.

— Reste là, ferme la porte à triple tour et vérifie les fenêtres. Appelle le consulat américain ou ton contact. Ne bouge pas d'un poil avant qu'on vienne te chercher. Compris ?

— Compris, dit-elle. Merci, Bolan. Je ne t'oublierai jamais.

Elle l'embrassa fougueusement sur les lèvres puis disparut à l'intérieur.

Bolan resta seul un instant devant la *casita* à ruminer les faits.

Martha Canada avait été le contrôleur des opérations et du réseau de call-girls. Elle avait eu quelques tueurs à sa disposition à Acapulco et ailleurs dans le monde, pour lui prêter main forte en cas de besoin.

Apparemment elle s'en était bien sortie. Même Cassiopea était à sa botte, et il avait pourtant eu à une époque une certaine importance. C'était la faute à pas de chance si les choses avaient mal tourné pour elle. Elle avait mené ses affaires tambour battant jusqu'au moment où les puissances du monde criminel avaient commencé à lui rendre la vie difficile. Il était presque certain qu'elle n'avait rien su du coup d'Etat qui se préparait contre Spielke avant de s'être retrouvée mêlée aux événements contre son gré. Et même si le coup avait réussi, Martha Canada n'aurait pas souffert du changement de régime. Il était plus probable qu'elle en aurait profité. Mais Bolan avait tout saccagé en arrivant au mauvais moment.

Peut-être avait-elle paniqué et réagi avec trop de violence. C'était le défaut des femmes criminelles. Elles manquaient d'expérience, et n'avaient pas encore compris comment dominer la férocité de leurs instincts. Elles n'étaient pas encore habituées aux tirs croisés.

Bolan n'avait aucune idée de la position de Martha Canada vis-à-vis des chasseurs de têtes venus de New York, et il s'en fichait éperdument. Il était évident qu'elle avait son champion dans la *Commissione.* Il était probable qu'on ait dit aux truands de passage de coopérer avec elle afin de ne pas compromettre son opération.

Mais Bolan s'en fichait maintenant. Tout ça était derrière lui.

Ce qu'il lui restait encore à faire lui semblait d'une facilité enfantine. Il était soldat, pas détective, et un travail de soldat l'attendait.

Il prit sa voiture, contourna la baie puis monta dans les collines vers la villa de Spielke. Il consulta son chrono lorsqu'il arriva près du premier portail et il se gara dans les buissons touffus.

Il avait calculé presque à la minute près le départ des troupes qui devaient d'abord charger leur matériel dans des camions de transport pour ensuite regagner la Costa Chica. L'armée de Spielke était une organisation militaire, et Bolan, militaire lui-même, imaginait facilement leur comportement.

Une véritable guerre allait éclater sur la Costa Chica à moins que les actions de Bolan rendent inutile cette confrontation.

Mais il ne pensait pas particulièrement à ce

détail. Il voulait surtout s'acquitter de sa tâche, au plus vite.

Le premier camion du convoi franchit le portail et descendit le chemin qui menait à la route, suivi par les autres véhicules.

Il profita de la confusion de l'exode militaire pour entrer dans le parc qui entourait la villa.

Pour tout armement il avait pris l'Auto-Mag, qu'il portait sur la hanche droite, et le Beretta qui se trouvait sous son aisselle gauche. Il ne pouvait pas se permettre de prendre davantage, car il portait deux grands sacs, l'un sur le dos, l'autre sur la poitrine.

Il n'y avait plus que quelques hommes dans la villa, un minimum pour assurer la sécurité. Ils étaient trop peu pour garder efficacement les lieux, surtout contre un homme d'expérience comme Bolan.

Il franchit le mur du parc et traversa une bonne partie du jardin avant que le dernier camion ne fût sorti. Il savait déjà où il devait aller, et le meilleur chemin pour y parvenir.

Il lui fallut moins de dix minutes pour passer à travers les gardes et atteindre son but. Il lui fallut ensuite une petite heure pour calculer les points de stress et installer des charges de plastic. Il lui fallut cinq minutes de plus pour fixer les détonateurs et régler le minutage des explosions.

Il abandonna les sacs vides et se hissa jusqu'au rebord des jardins suspendus.

— Je pensais bien que tu viendrais, dit doucement Spielke en voyant Bolan sauter pardessus le petit parapet.

Il faisait nuit noire et Spielke devait se trouver là depuis un bon moment pour voir aussi clairement. Il avait attendu.

— Je vois que tu m'as pris au mot, fit Bolan. Bravo.

— Tu m'as dit que tu allais m'envoyer mon yacht, tu l'as fait ! Tu m'as dit que tu allais m'envoyer mon avion, tu l'as fait ! Je voulais voir ce que tu allais m'envoyer ce coup-ci.

— De l'eau de mer, dit doucement Bolan en le regardant fixement.

— Quoi ?

— Je vais t'envoyer la mer.

— Tu parles ! Je ne crois pas que tu en sois capable.

— Souviens-toi du Coran, Max. Je suis sûr de me tromper dans les versets, mais il est dit : La montagne ne voulut pas venir à Mahomet...

— Je sais. Alors Mahomet alla à la montagne... Et après ?

Spielke était installé sur sa chaise haute dans

l'obscurité, à peine visible, à part le fusil couché en travers de ses genoux.

— Je ne vais pas partir à la mer, mon pote. Je vais te descendre, et pas plus tard que tout de suite.

— Mais tu es déjà en route, Max.

— Quoi ? Comment ?

— J'ai posé des charges de plastic sous ta villa.

— Tu as quoi ?

— La montagne est truffée d'explosifs, Max. Dans quelques minutes ce Disneyland va piquer un plongeon vers la mer.

Max fit des yeux ronds.

Il n'y avait pas que le yacht auquel il s'était attaché. Il perdit brusquement toute notion du temps et commença à regarder les arbres et les plantes exotiques dont il était si fier.

Bolan tira tandis que Spielke regardait son jardin. Sa mort fut instantanée, et il n'eut aucune réaction sinon qu'il glissa lentement de sa chaise haute.

— Adieu, Max, fit Bolan avant de partir trouver les hommes qui restaient.

Il découvrit Too Bad Paul, le visage enfoui dans le bac d'une plante, la gorge tranchée, la terre inondée de son sang.

Il trouva quelques types indécis et ne leur

donna pas le temps de brandir leur arme. Il leur montra l'Auto-Mag en disant :

— Calmez-vous. Max est mort et la villa va sauter. Il n'y a plus rien à défendre, je vous conseille de filer. Surtout les domestiques qui n'ont rien à voir avec nos salades. Descendez au bas de la colline et continuez votre chemin. Maintenant !

Personne ne demanda son reste. Tous filèrent dans la villa récupérer leurs affaires personnelles, puis disparurent en courant le long du chemin.

Bolan repartit sur la terrasse en passant à travers le jardin, et s'arrêta près du parapet.

Il regarda en bas et se demanda à quoi pensaient les plongeurs-cascadeurs au moment de se lancer du haut de la falaise de Quebrada.

Puis il descendit en empruntant l'escalier, et atterrit sur un petit promontoire rocailleux sur la plage. Un Indien avec une bandelette autour de la tête montait la garde dans cet endroit désert, mais ne fit aucun geste pour l'empêcher de passer. Il se contenta de le regarder avec curiosité.

— *Comprende español* ? demanda Bolan.

Ce n'était pas le cas de tout le monde dans un pays où l'on parlait une douzaine de langues et de dialectes, mais l'Indien acquiesça.

— *Si, poquito.*

— *Vamos* ! lui dit Bolan. *Retumbo, retumbo* !

Il montra les falaises au-dessus et ajouta :

— *Comprende « retumbo » ?*

— Boum-boum ! fit l'Indien.

— T'as compris, dit Bolan. *Vamos* !

Bolan marcha jusqu'au bord de l'eau et plongea. Il nagea longuement vers le large. Enfin, épuisé et hors d'haleine, il déclencha les bonbonnes d'air comprimé accrochées à sa ceinture. Il se mit à flotter sans effort sur le dos et reprit sa nage vers le large aussi vite que possible.

Il se trouvait à deux cents mètres du rivage lorsque la première charge explosa sous la villa, secouant le calme de la nuit.

Les autres charges explosèrent tout de suite après, tonnant les unes après les autres, fissurant la montagne, cassant net les poutres d'acier qui soutenaient la villa.

Les jardins descendirent en premier, une immense masse de terre et de végétation artificielle qui glissa le long de la falaise en un seul bloc puis se brisa en mille morceaux qui tombèrent au hasard dans l'eau profonde.

Chaque niveau tomba le long du précipice fracturé et disparut dans les eaux noires et turbulentes, créant un nouveau fond marin. Une pluie de crépi, de ciment, de béton et de verre s'abattit sur la mer.

Un nuage de poussière et de fragments infimes assombrit le ciel et cacha le trou béant qui était tout ce qui restait de la superbe villa de Max Spielke. D'immenses vagues houleuses s'éloignèrent de la côte vers le large, et soulevèrent doucement l'homme en noir qui flottait à la surface.

Lorsque tout fut terminé, il se rendit compte qu'il était encore vivant et heureux de l'être.

Il avait toujours dit qu'il ferait sauter la baraque.

— Mais je ne voulais pas dire littéralement, dit-il tout bas à la mer.

EPILOGUE

— Qui était la Vierge de Guadalupe ? demanda Turrin qui ne pouvait plus contenir sa curiosité.

— C'était un nom de code ironique, expliqua Bolan.

Il avait la voix d'un homme épuisé.

— C'était la seule personne de son organisation qui n'était pas à vendre. Une maquerelle vierge, si tu veux. Tu imagineras le reste.

Turrin s'esclaffa. Il gratta distraitement la paroi vitrée de la cabine téléphonique.

— Tu sais, vieux, dit-il. Parfois j'ai du mal à croire les trucs que tu fais. Tu n'as aucune idée des répercussions de ton coup. Les vieux hurlent de rage et invoquent le Ciel. Ils ont beaucoup perdu cette fois. A les entendre on se croirait en 1929 à Wall Street. Ils ne sont pas les seuls. Il y a aussi des hommes d'affaires qui ont bu la tasse. Ça prendra des années pour réorganiser ce territoire, et ça ne sera plus jamais pareil.

— Espérons-le, fit Bolan.

— Tu vas bien ?

— Oui. Un peu fatigué de corps et d'esprit, mais j'imagine qu'un bon repos sur la plage me fera le plus grand bien.

— Tu y vas rester un peu de temps ?

— Oui. Tu sais...

Il s'arrêta.

— Quoi ? demanda Turrin qui venait de remarquer son visage souriant dans la vitre de la cabine, et qui n'en revenait pas de son expression hilare.

Il se mit à rire tout doucement.

— Qu'est-ce qu'il y a de si drôle ? demanda Bolan.

— Rien. Je me sens bien, c'est tout.

— Tu t'inquiètes trop, voilà ton problème. Tu commences à te marrer comme une vieille sorcière dès que c'est fini.

— Va te faire foutre. Qu'est-ce que tu commençais à me dire ?

— Je radotais, c'est tout. Je réfléchissais. De temps en temps un type devrait pouvoir se relâcher. Se détendre. Tout revoir, tout mettre à plat et tout recommencer.

— Tu parles de quoi ? De tes intentions ?

Bolan se mit à rire.

— Non, de mes pensées, de mes impressions, de mes attitudes. Ce genre de trucs.

— C'est dangereux, fit Turrin. C'est la boîte de Pandore. Regarde ce qui lui est arrivé.

— Je ne l'ai pas connue personnellement, dit Bolan. Mais il y a d'autres jeunes femmes dans le coin qui mériteraient que l'on leur consacre un moment. Je crois qu'il faudrait que je revoie mes idées sur l'égalité des sexes. Bonne idée, non ?

Turrin caqueta de rire.

— Ce qui veut dire ?

— Les temps changent, les femmes aussi. Elles ont certains droits.

— Oui, absolument. Tu penses à quelqu'un de précis ?

— Peut-être. Je pensais lui prouver que sexuellement nous sommes tout à fait égaux.

— Ce n'est qu'une question de libération, lui dit Turrin.

— Sans doute.

— Tu penses donc à quelqu'un ?

— Oui. Il y a environ cinq à six mille femmes à Acapulco.

— Incroyable. Je l'avais entendu dire, mais je ne le croyais pas.

— Tu peux le croire.

— Dis, ne mets pas ton âme trop à nu, ce

n'est pas indiqué pour quelqu'un qui fait ton travail.

— Juste quelques jours, ensuite je reprendrai la route.

Bolan soupira longuement.

— J'essayerai de te tenir au courant, ajouta-t-il.

— Essaye.

— Et merci. Je n'aurais jamais pu réussir sans ton aide.

— Tu parles ! fit Turrin en raccrochant.

L'ATTAQUE D'ATLANTA

Ils s'étaient cachés dans un grand garage qu'ils pouvaient aisément défendre.

Bolan dégoupilla une grenade et la lança à travers la porte. Ce fut l'explosion. Un type se leva aussitôt, sortit de son coin, les mains en l'air, en suppliant d'une voix de pleurnichard.

L'Auto-Mag tonna et l'homme fut projeté à travers une cloison mince. Puis Bolan lâcha une rafale sur un second qui tenait un PM et qui essayait de tirer tout en esquivant ses balles. Il termina sa petite danse par une galipette en arrière et resta immobile sur le dos.

Deux autres types avaient été blessés par l'éclat de la grenade et ils poussaient chacun des cris déchirants. Bolan mit fin à leurs souffrances avec deux balles de l'Auto-Mag.

Subitement un pistolet se mit à aboyer au ras du sol. Un homme s'était dissimulé dans la fosse et se croyait à l'abri.

Bolan dégoupilla une seconde grenade...

Achevé d'imprimer en janvier 1984
sur les presses de l'Imprimerie Bussière
à Saint-Amand (Cher)

— N° d'édit. 10579. — N° d'imp. 2916. —
Dépôt légal : 4e trimestre 1979.

Imprimé en France